オムレツ屋へようこそ！

西村友里・作
鈴木びんこ・絵

国土社

○○書店

もくじ

1　桜小路《さくらこうじ》のオムレツ屋

桜小路に入る道はすぐにわかった。

バスを降《お》りた尚子《なおこ》は、メモを手に「桜小路商店街《さくらこうじしょうてんがい》へようこそ」と書かれたアーケードをくぐる。

今日から春休みだ。バス停横の桜の木も、だいぶつぼみがふくらんでいる。

商店街では、「桜祭り」というのをしているらしい。「大売り出し」と「桜祭り」ののぼりが道の両側にはためいている。

まだ夕方の買い物には早いからか、のんびりとおしゃべりしているおばさんと、ベビーカーを押《お》した女の人を見かけるぐらいだ。

尚子がめざしているのは、この桜小路商店街にある「オムレツ屋」という店だ。

尚子は一人で知らない町を歩くのにも、メモを手に、泊《と》まる所をさがすのにもなれていた。小学校六年生で、尚子《なおこ》ほど、こんなことになれている子はいないんじゃないかと思う。

まだ、三月だというのに、暖《あたた》かい。

「ふーうっ」

尚子はボストンバックをさげた手で、ひたいの汗《あせ》をぬぐった。

「あのう、ひょっとして、小林尚子さん？」

声をかけられてふりむくと、尚子と同い年くらいの男の子が二人、ちょっと緊《きん》張《ちょう》した顔で立っていた。

「そうだけど」

尚子がこたえると、二人は顔を見合わせて、にっとわらった。

「ああ、よかった。たぶん、そうだと思ったんだけど」

ジーパンに白いパーカーをはおった子が、目をくるっとさせていった。

「もし、ちがったらかっこわるいもんな。あれ？　お母さんは？」

「いないよ。私一人」

「ええっ。うそだろ。まじかよ。すっげえな」

二人はまた、顔を見合わせる。

東京からここまで、電車二つとバスを乗り継《の》《つ》いで、三時間の旅だった。たしかに小学生の一人旅には長いかもしれない。

「で、きみたちは？」

見当はついていたが、きいてみる。

「あ、ごめん。おれ小林和也《かずや》。静江《しずえ》ばあちゃんの孫《まご》。つまりきみのいとこ。よろしく」

和也は気をつけの姿勢《しせい》になってちょこっと頭を下げた。それを見て、体つきや顔の、ぷっくりした方も気をつけになる。

「おれは、大西健太《けんた》。きみのいとこの友だち」

大きな体に、ちょっと短いんじゃないかというトレーナーを、気にした顔もせずに着ている。

尚子《なおこ》もきちんと二人に向きなおった。

「小林尚子《なおこ》です。しばらくおせわになります」

頭を上げると、和也《かずや》がにこっとわらった。

「さがすんじゃないかと思ってさ、さっきからこのへんでまってたんだ。おれんち、そんなにでっかい店じゃないからな」

そんなことをいいながら、うれしそうに歩きはじめる。健太《けんた》も照《て》れくさそうに、チラチラこちらを見ながら、ついてくる。

わるいやつらじゃないな。と尚子は思った。

「オムレツ屋」って、尚子のおばあちゃんと、母さんのお兄さん一家がやっているレストランだ。

尚子はここに半年ほど、居候《いそうろう》することになっている。

それは、たしかにあまり目立たない店だった。「オムレツ屋」と書いた木の看板《かんばん》が、ドアの上にかかっているが、ほかにはゼラニウムの鉢植《はちう》えがならべてあるだけの、小さな店だ。

和也《かずや》がドアを押《お》すと、カランコロンコロンと、カウベルの音がした。

「いらっしゃいませ。あら、尚子《なおこ》ちゃん？　まあ、いらっしゃい」

ピンクのエプロンで手をふきながら、女の人がにこにこして出てきた。

「母さんだよ」

和也が紹介《しょうかい》してくれる。

「小林尚子です。よろしくおねがいします」

「おまちしてました。私、明子《あきこ》です」

いいながら、尚子の後ろに目をやる。

「悠香《はるか》さんは？」

「母は、昨日発《た》ちましたので、一人できました」

「えっ。東京から、ずっと一人で？」

「はい。母がよろしくと申しておりました。これ、みなさまでどうぞ」

尚子は母さんにわたされたクッキーの箱をさしだす。

「まあ、それは、どうもごていねいに」

明子《あきこ》さんは、まだ、びっくりしながらクッキーの箱をうけとる。

「尚子《なおこ》さんですか」

カウンターの中から声がした。白い帽子《ぼうし》の似合うかっこいいコックさんが、尚子を見てにっこりわらう。

「悠香《はるか》の兄の保《たもつ》です。たいしたことはできませんが、自分の家と同じように、ゆっくりすごしてくださいね」

「はい。ありがとうございます。よろしくおねがいします」

「本当に、悠香らしいよ。娘《むすめ》をあずけるっていうのに、菓子箱《かしばこ》ひとつ持たせておわりなんだからね。ちっとも変わっちゃいない」

明子さんの後ろから、小柄《こがら》な女の人があらわれた。まっ白のエプロンをきりっとつけ、いくらか白髪《しらが》のまじった髪《かみ》を、きちんと後ろでたばねている。

「あんたが尚子かい。大きくなったね。まあ、そりゃあ、前に会ってから、もう十年になるからね」

この人が静江《しずえ》さん、つまり尚子のおばあちゃんだ。

静江《しずえ》さんは、ため息まじりに尚子《なおこ》を上から下まで見た。

「ま、悠香《はるか》のことはあんたにいっても、しかたがないね。第一、もう日本にいないんだから。本当にこまった子だよ」

母さんと静江さんがどうして仲《なか》がわるいのか、くわしいことは尚子も知らない。

「とにかく合わないんだよね。お母ちゃんは、あたしのすること何でも気に入らなくてさ、お父ちゃんが生きてた時はまだよかったけど、それからはまったくダメ。けんかばっかりしてて、高校卒業したらすぐ家を出ちゃったんだ」

何にたいしても、前向きすぎるような母さんが、静江さんについて話す時だけは暗かった。

そして尚子は、その「とにかく母さんと合わない」静江さんのところに、一人であずけられたというわけだ。

「悠香のことはしょうがないとして、尚子、お前はここでしばらく暮《く》らすんだ。ちゃんとしてくれないとこまるよ」

静江さんがはっきりいう。

「はい」

ほかに尚子《なおこ》がこたえる言葉《ことば》はない。そして、こういう時にいうべき言葉も、知っている。

「よろしくおねがいします」

静江《しずえ》さんが満足そうにうなずく。

その時、後ろでカランコロンと、ドアの開く音がした。

何気なくふりかえった尚子は、うっと息をのんだ。

まっ赤なチャイナドレスを着た大柄《おおがら》の、ちょっと太めのおばさんが、どどんどんと入ってきたのだ。ゆたかな胸《むね》に、ぶるんとゆれる二《に》の腕《うで》、ややひらきかげんのりっぱな足で、その人はまっすぐ尚子に近づいてくる。

「まあ、あんたが悠香《はるか》ちゃんとこの、尚子ちゃんかい。かわいい子じゃないか。うん、たしかにどこか、悠香ちゃんに似てるよ。よくきたねえ」

大声でいったかと思うと、真っ赤なおばさんは、いきなり尚子の肩《かた》をがしっとだいた。

むわっとした香水《こうすい》の匂《にお》いにつつまれて、尚子《なおこ》は一瞬《いっしゅん》、窒息《ちっそく》するかと思った。

「私ね、榊原《さかきばら》珠子《たまこ》。すぐ近くに住んでてね、悠香《はるか》ちゃんがおしめしてたころから、知ってるのよ。私がウンチのついたおしめをかえてやったこともあるんだよ」

かかかかかかっと、大きな口をあけて珠子さんがわらうと、ピンポン球《だま》のようなイヤリングが、ぶらんぶらんゆれる。

人生十一年。おちつかない母親のおかげで、いろいろな所にあずけられてきた尚子だ。風変わりな人にも出会ってきたが、この人はその中でもかなり強烈《きょうれつ》だ。

「小林尚子です。よろしくおねがいします」

やっと、体制を立てなおして頭を下げる。

「まあっ。しっかりしたあいさつができて、いい子だねえ」

尚子はまた、香水にむわっとやられる。

「さあさ、珠子さん、尚子ちゃんはこれからまだ、しばらくいるんだから、いつでも会えますよ。それより、今日は、ちょっといいモカが入ってるの。ぜひ、珠子さんに味見してもらわなくちゃ」

明子《あきこ》さんに救出され、その場をぬけだした尚子《なおこ》は、和也《かずや》に案内されて、やっと二階の部屋にたどりついた。静江《しずえ》さんにつづいて、珠子《たまこ》さん。尚子はまだ、頭のすみが、なんとなくぼうっとしている。

「きた早々に、たいへんな人に会っちゃったけどさ。オムレツ屋の常連《じょうれん》で、わるい人じゃないんだぜ」

和也が気のどくそうにいいながら、ふすまをあけた。こじんまりした和室だ。

尚子の荷物も、もう運びこんである。

「変わった人では、あるけどな」

気がつくと、健太《けんた》も、ちゃっかり上がりこんでいる。

「あんまり迫力《はくりょく》あるから、びっくりしちゃった」

「あの格好《かっこう》見たら、びっくりするよな」

健太がくくっとわらう。

「だけどな、ああ見えてあの人、コンピューターの達人《たつじん》なんだぜ」

「コンピューター？」

「ああ、ブログ開いててさ、この商店街《しょうてんがい》の宣伝《せんでん》もバンバンしてくれてるんだって」

尚子《なおこ》の頭の中で、コンピューターと、真っ赤《まっか》なチャイナ服がむすびつかない。

「ここから、庭が見えるんだけどさ」

和也《かずや》はそういうと、がらっと窓《まど》をあける。

「桜《さくら》の花が咲《さ》くと、なかなかいいんだ」

すーっと風が入ってきた。

「桜があるの」

尚子は桜の花が好きだ。

見上げた花の間から青空が見えると、飛びこんで行きたくなる。

庭の桜の木は、そんなに大きくはなかったが、枝《えだ》をしっかり伸《の》ばして立っていた。つぼみがふくらんでいるからか、枝の先がもう、ほんのり赤らんでいる。

「悠香《はるか》さんは今、外国なんだろ」

「うん。モンゴルに行ってる」

「モンゴル？　旅行か」

健太《けんた》が身をのりだしてくる。

「ううん。母さんは雑誌《ざっし》のフリーライターをしているの。体験取材《たいけんしゅざい》をモットーにしているとかで、いつもあちこち走りまわっている」

「たいへんな仕事だなあ」

和也《かずや》が感心する。

「私も小さい時はバイクに乗せられて、北海道から沖縄《おきなわ》まで走ったの」

「ひえーっ。いいなあ」

健太がさけぶ。

でも尚子《なおこ》は、いいなあっていう言葉《ことば》に素直《すなお》にうなずけない。

尚子が小学校に通うようになると、二人でアパートを借りて住むようになった。それでも尚子はこれまでに、転校を六回している。友だちができたと思ったら、お別れだ。親友なんかできっこない。

母さんの友だちの家にもしょっちゅうあずけられているし、尚子の歯ブラシがおいてある知り合いの家もある。急に学校を休まなくちゃならないこともあるし、やりたいことがあったって、やりたいっていえない。

ちなみに、尚子《なおこ》に父さんはいない。

理由《りゆう》は知らない。とくに知りたいと思ったこともないし、母さんもいわない。

ところが今度、母さんは、モンゴルに半年行くという、長期の取材を引きうけた。尚子をつれてはいけないいし、半年ともなると、いくら何でも友だちにあずけることもできない。

そこでさんざんまよった末、母親の静江《しずえ》さんに頭を下げたというわけだ。

そして尚子は六年生の新学期から、七回目の転校ということになる。

「わるいわねえ。また、転校になっちゃって」

いちおう、母さんはいった。

「いいよ。なれてるから」

とりあえず、尚子はこたえた。

ほかに、いいようもなかった。

「何か、手伝うことあるか？」

和也《かずや》が、ダンボール箱《ばこ》をちらっと見ていう。

「おれ、力はあるぜ」

健太《けんた》が力こぶを見せる。

「ううん、だいじょうぶ。ありがと」

箱には適当《てきとう》に、くちゃくちゃっとつめこんである。パンツでも出てきたらたいへんだ。

「おれの部屋はとなり。何か用事があったらよんでくれ」

和也が立ち上がった。

「それで、廊下《ろうか》に出て窓《まど》の外が、おれの部屋」

「え？」

聞き返した尚子《なおこ》を見て、和也がおかしそうにわらった。

「ははは、こいつの家、となりなんだ」

「そ、おとなりさん」

健太《けんた》がえへっとわらう。

尚子《なおこ》はごろんとたたみに寝《ね》ころんだ。

さすがに今日はつかれる一日だった。

今ごろ母さんは、カメラを手に夢中《むちゅう》で走ってるんだ。きっと私のことなんか、頭のすみっこにもないだろう。

考えているうちに尚子は、うとうととしてしまった。


「尚子さん、飯《めし》だって」

ふすまの向こうから和也《かずや》の声がした。

あわてて起き上がった尚子だが、時計を見るとまだ五時半だ。

廊下《ろうか》で、和也が待っていた。

「夕飯はいつも、店で食べるんだ」

「お客さんといっしょに？」

「ううん。夜の開店は六時からで、それまでに、家の飯はすませるんだ」

「へぇえ」

「父ちゃんの主義《しゅぎ》なんだ。美味《うま》いもんは、まず家族に食わせなきゃいけないって」

「家族に、か。いいなあ」

尚子《なおこ》は思わずつぶやいてしまう。

店におりて行くと、静江《しずえ》さんがもうテーブルについていた。

すぐに保《たもつ》さんが和也《かずや》と尚子の前に、ふっくら黄金《こがね》色のオムレツをはこんできた。

「さあ、冷《さ》めないうちにどうぞ。明子《あきこ》はちょっと出てるけど、すぐにもどりますから」

「やった。父ちゃん自慢《じまん》のオムレツだ」

和也が鼻をヒクヒクさせる。

バターの香《かお》りが立ちのぼっている。

「これが、店の名前にもなってる当店自慢のオムレツなんだぜ」

和也にうながされて、ひとくち食べると、尚子の口の中を、とろとろの卵《たまご》がバターの香《かお》りと共に、ふわっと流れていく。

「おいしいっ」

思わず、言葉《ことば》がとびだした。

「そうだろ。な、いったとおりだろ」

和也《かずや》は、あっというまにもう、半分近く食べている。

「はい。こんなおいしいオムレツ食べたことないです」

「ははは、それはいいすぎだろう。でも、あの悠香《はるか》じゃねえ、ろくなもんを食べさせてないだろうからね」

そんなことをいいながら、静江《しずえ》さんもうれしそうにオムレツを味わっている。

保《たもつ》さんはだまって、にこにこと尚子を見ている。

尚子《なおこ》は体中に、卵《たまご》とバターの香りがしみわたっていくような気がした。

「春休みの間に、尚子もいちど学校を見てきたらいいね」

静江さんの言葉に、尚子は口いっぱいのオムレツをあわてて飲みこむ。

「は、はい」

「まかせとけ。おれがすみからすみまで、案内《あんない》してやるからな」

「どうせ、健太《けんた》もいっしょだろ。ヘンなことを教えるんじゃないよ」

静江《しずえ》さんにクギをさされている。

「でも、尚子《なおこ》ちゃんが同じ六年でよかった。何でも和也《かずや》にきいてやってください」

保《たもつ》さんの言葉《ことば》にも、静江さんはひと言つけたす。

「勉強のほうは、きいても無理《むり》だろうがね」

「ばあちゃん、そりゃないだろ。おれってけっこうかしこいんだぜ」

ケラケラっと静江さんがわらいとばす。

「尚子ちゃん、おかわりはいいですか」

保さんがきいてくれる。

「もう、お腹《なか》いっぱいです」

「本当にいいのかい。食べなくちゃ、大きくなれないよ。遠慮《えんりょ》なんかしないで、しっかりお食べ」

静江さんの目が、きゅっとわらう。

尚子《なおこ》はちょっとほっとした。

母さんとはうまくいってなくても、意地悪《いじわる》な人ではなさそうだ。

それに、こんなのって、いいなあと尚子は、思う。

家族そろって、わいわいいいながら、ご飯を食べるんだ。

しっかり食べなさいよ、なんていってくれる。

こんな夕食の時間を、尚子はテレビの中でしか知らなかった。

本当にあるんだ。家族そろって……、と思ったとき、カランコロンとドアが開き、明子《あきこ》さんの明るい声がきこえた。

「ただいまっ。敏也《としや》が帰ってきましたよ」

明子さんが押《お》さえたドアから入ってきたのは、尚子と同じ年くらいの男の子だった。メガネをかけて、松葉杖《まつばづえ》をついている。

「おかえり、敏也」

「今日はいつもより、ちょっとおそかったね」

「そうなの。道がこんでたんですって」

保《たもつ》さんや静江《しずえ》さんに、うれしそうに返事をしたのは明子《あきこ》さんだ。

明子さんは、きょとんとしている尚子《なおこ》にも、ニコニコっとわらいかけた。

「尚子ちゃん、紹介《しょうかい》しますね。敏也《としや》でーす」

男の子がちょっと頭を下げた。

尚子もあわててあいさつをする。

「敏也はね、和也《かずや》の兄なの。ふたごだけどねっ」

「えっ」

でも、和也は顔も上げずに、オムレツを食べている。

「さ、敏也もお腹《なか》すいたでしょう。荷物をおいて、手を洗《あら》ってきましょうね」

明子さんにだきかかえられるようにして、店のおくへ入っていく敏也を、尚子は思わず見送ってしまった。

「和也君はふたごだったの」

「ああ」

ぶすっとした声でこたえると、和也は黙々《もくもく》とスプーンを口にはこんでいる。

「敏也《としや》は、寮《りょう》に入ってるんでね。学校が休みの時だけかえってくるんだよ」

静江《しずえ》さんが代わりにいった。

「春休みの間はずっといるからね、話し相手《あいて》になってやっておくれ」

「はい」

でも、まるで怒《おこ》っているみたいにオムレツを食べつづける和也《かずや》のことが、なんだか気になってしかたなかった。

2 和也《かずや》と敏也《としや》

四月に入ると、急に暖《あたた》かくなった。庭の桜《さくら》も満開《まんかい》だ。

まだ、学校は春休み。どことなくのんびりした一日が始まるところだった。

「尚子《なおこ》、プランターに水やりのついでに、モーニングサービスの札《ふだ》をはずしてきてくれるかい」

「はーい」

オムレツ屋のモーニングは八時からで、静江《しずえ》さんの担当《たんとう》だ。保《たもつ》さんはランチの準備から厨房《ちゅうぼう》に立つ。そして夕方六時からは九時に閉店するまで、保さんと明子《あきこ》さんが店のきりもりをする。

カウンターのほかにテーブルが四つ。二十人ぐらい入れるだろうか。レースのカーテンごしにさしこむ光もやさしくて、店には朝から夜まで、おいしそうな匂《にお》いとわらい声が流れている。

尚子《なおこ》は、オムレツ屋でお手伝いをするのが楽しかった。

じょうろを持って、尚子はドアを開ける。

いい天気だ。

窓《まど》の下にならべられた鉢植《はちう》えのゼラニウムも、水をもらって生き生きとする。

モーニングサービスが終わる十時ごろは、オムレツ屋が一番のんびりできる時間帯だ。お客さんも珠子《たまこ》さんしかいない。

尚子が水をやりおえた時、ドアが開いて、敏也《としや》が出てきた。

後ろから明子《あきこ》さんが、松葉杖《まつばづえ》をついた敏也をささえている。

「そこ、少し段《だん》があるわよ」

「だいじょうぶだよ」

「ほら、気をつけて」

「はいはい」

敏也の足下に夢中《むちゅう》の明子さんは、尚子に気がつかない。

敏也《としや》が尚子《なおこ》を見て、小さくわらった。

二人の後ろ姿《すがた》を見て、尚子はふと母さんを思う。

「気をつけて」なんて、いってもらったことがあるだろうか。

それもあんなにやさしい声で。


「敏也くん、ずいぶん足取りもしっかりしてきたね」

店に入ると、珠子《たまこ》さんの声がきこえた。

「病気をしたのは、二歳《さい》のころだっけ」

「一歳と九か月」

静江《しずえ》さんがこたえる。

「いちじはどうなることかと思ったけど、よかったね」

「でも、右足は全然動かせないんだよ。装具《そうぐ》をつけてるから、歩けてるけど、感《かん》覚《かく》もほとんどないみたいでね」

「だんだんよくなるよ」

「そうだね」

尚子《なおこ》が手をふいていると、

「おはよっ」

張《は》りのある声がして、大沢《おおさわ》酒店のおじさんが入ってきた。いつもの席にすわる。

「今、敏也《としや》くんと明子《あきこ》さんを見かけたけど、どこに行ったんだい」

「角《かど》の文房具屋《ぶんぼうぐや》」

「えっ、そこの？　あんな近く、敏也くん一人でも行けるだろ」

「まあね。かまいすぎはよくないよって、明子にはいってるんだけどね」

「うちのかみさんも心配してるよ。ああ敏也くんにつきっきりじゃ、和也《かずや》くんがかわいそうだって。兄弟ってのは、微妙《びみょう》なもんだからね」

はっと、大沢のおじさんが口をつぐんだ。窓《まど》ごしに敏也の姿《すがた》が見えた。

「ただいま」

明子さんと敏也《としや》が帰ってきた。笑顔《えがお》いっぱいの明子さんが紙包みを持っている。

「使いやすいノートがありました。ねぇ、敏也」

敏也《としや》は小さくうなずく。

「そりゃあ、よかったね」

珠子《たまこ》さんがすかさずこたえる。

「じゃあ、部屋にもどりましょう」

明子《あきこ》さんがおくのドアに手をかけようとしたときだ。

一瞬《いっしゅん》早く、ドアが開いた。

「ばあちゃん、電話」

とっさに立ち止まれなくて敏也の体がふらっとゆれた。

「和也《かずや》、いきなりあけたら、あぶないでしょ」

「あ、ごめん」

「気をつけてくれなくちゃ。敏也がいるのよ」

和也がいいかけた言葉《ことば》をぐっと飲んだ。

敏也が視線《しせん》を落とす。

その時だった。

ガッシャーン！　ガガガガッ！　キーッ！
尚子《なおこ》がきいたこともない激《はげ》しい音がした。
ガシャガシャッ、バリバリバリッ！
ガラスの砕《くだ》け散る音がつづく。
壁《かべ》までぐらぐらっと、ゆれたような気がした。
尚子はとっさに、カウンターのはしをつかんでしゃがみこんだ。
何がおきたんだ。
ぎゅっと体をかたくする尚子に、バラバラっと、小石が雪崩《なだれ》打《う》つような音がきこえる。
「どうしたっ。何だっ」
おくからとびだしてきた保《たもつ》さんの、大きな声がひびいた。
おそるおそるカウンターからのぞいた尚子の前で、きらきらしたものが舞《ま》っている。
しりもちをついた大沢《おおさわ》のおじさんは、ぽかんとした顔で窓《まど》の方を見ていた。

つられて視線《しせん》をうつした尚子《なおこ》は、思わず口をおさえた。

出窓《でまど》を突《つ》き破《やぶ》って、青い自動車の後ろ部分が見えたのだ。

窓辺《まどべ》においてあった鉢《はち》植《う》えもころがり、大きく割《わ》れて花があちこちに散らばっている。窓ぎわのソファもテーブルも、ガラスのかけらと土ぼこりでぐちゃぐちゃだった。

レースのカーテンがちぎれて、ひらひらとたよりなくゆれている。

「みんな、だいじょうぶか。ケガはないかっ」

保《たもつ》さんは、静江《しずえ》さんを立たせて、珠子《たまこ》さんを抱《だ》き起《お》こす。

「オムレツ屋がたいへんだぞっ。早く、警察《けいさつ》だっ」

「おうい、みんな、だいじょうぶか？」

店の外からもつぎつぎと声がきこえる。

カウンターから出ようとして、尚子はドキッとした。

和也《かずや》が、じっと何かを見ていた。

その視線《しせん》の強さに、尚子はおそるおそる、その先をたしかめる。

それは、明子《あきこ》さんにしっかり抱《だ》きしめられた敏也《としや》だった。

運転ミスで飛びこんできた車がレッカー車で撤去《てっきょ》されたのは、昼もだいぶ過ぎたころだった。

店の中はひどい状態《じょうたい》だった。

窓《まど》ガラスのかけらは思いがけないところにまで、飛び散っている。

「まったくひどい話だよ。『バックしすぎました』なんてさ。冗談《じょうだん》じゃない。そんな腕《うで》で、車に乗るなっていうんだよ」

ピンクのゴム手袋《てぶくろ》をはめた珠子《たまこ》さんが、ガラスのかけらをひろいながら息まいている。

事故《じこ》のあと珠子さんは、ずっと後かたづけを手伝ってくれていた。

静江《しずえ》さんと明子さんは、壊《こわ》れた窓にのこるガラスのかけらを一つ一つはずし、尚子《なおこ》は和也《かずや》と二人で床《ゆか》のモップがけをしている。

「でも、窓の近くにだれもすわってなくて、本当によかったです」

へしゃげた窓枠《まどわく》を見て、明子《あきこ》さんがしみじみいう。

「まったく、お客さんにケガでもさせてたら、申しわけのたたないところだったよ」

静江《しずえ》さんも手をとめてうなずいている。

「このとんでもない車のことは、帰ったらすぐブログにのせるからね。もう、指がむずむずするよ」

店の中がだいたいかたついたところで、珠子《たまこ》さんは帰っていった。

珠子さんと入れ替わりに、工務店の人がきて、店の修理《しゅうり》がはじまった。

静江さんがほっとした顔であたりを見まわした。

「ゴミ袋《ぶくろ》を裏《うら》にはこぶから、和也《かずや》、手伝ってくれるかい。尚子《なおこ》はカウンターやテーブルのぞうきんがけをたのむよ」

和也が静江さんといっしょに、両手にゴミ袋を持って出ていく。

尚子は、カウンターからふきはじめた。

すぐに雑巾《ぞうきん》がまっ黒になる。

雑巾をとりかえようとした時、後ろでパシャパシャパシャッと水音がした。

敏也《としや》だった。いすにすわって、バケツで雑巾《ぞうきん》をゆすいでいる。

「これくらいしかできないけど」

「ありがとう」

尚子《なおこ》がいうと、敏也はにこっとわらって、しぼった雑巾をわたしてくれた。

カウンターをふき、食器ケースの中もきれいにするのに、尚子は敏也と、何回雑巾をかえただろう。

トントンと工事の音がしてきた。

開け放したドアから、和也《かずや》が顔をだした。

「尚子、ガムテープをだしてくれって。カウンターの下の……」

尚子がガムテープをとってふりむくと、和也の顔がこわばっている。

「敏也、おまえ、何やってるんだよっ」

和也は、敏也をにらみつけていた。

「おまえは手伝わなくていいんだよ。あぶないんだから、部屋にひっこんでろっ」

SFC

敏也《としや》はうつむいたまま何もいわない。

思わず、尚子《なおこ》が口をだした。

「べつにいいじゃないの。雑巾《ぞうきん》を洗《あら》うくらいしてもらっても」

「尚子がやれって、いったのか」

きつい目で尚子を見る。

「やれっていったわけじゃないけど。こんな時なんだから、人手は少しでもあったほうがいいでしょ」

「こいつは、べつなんだよ」

「何が、べつなのよ。意味わかんない」

「うるさい。何も知らないくせに、ごちゃごちゃいうな」

静江《しずえ》さんがびっくりした顔で、入ってきた。

「二人とも、何をさわいでるの」

一瞬《いっしゅん》、沈黙《ちんもく》が生まれる。

その中で敏也がいった。

「ごめん。ぼくが、わるいんだ」

そういうと敏也《としや》は、しぼった雑巾《ぞうきん》をきれいにたたんで、バケツの横においた。

和也《かずや》はガムテープをひったくるようにとると、何もいわずに出ていった。

静江《しずえ》さんが尚子《なおこ》と敏也を交互《こうご》に見る。

「ぼく、部屋にもどってる」

だれにも目を合わさずに、ぽつんと敏也がいった。

静江さんは何かいいかけた言葉《ことば》を、飲みこんだようだった。

敏也が手すりにつかまって立ち上がるのを、尚子は納得《なっとく》できない気持ちで見ていた。

どうして、敏也が手伝っちゃいけないんだろう。べつに、あぶないことをしてるわけじゃない。ただ、雑巾をゆすいでくれただけだ。こんな時なんだから、だれでもできることは、やったらいいじゃないか。

敏也も敏也だ。どうして、あやまるんだ。

でも、と尚子は思う。何といっても居候《いそうろう》の身だ。

その家にはその家のやり方がある。それに口出しなんかしちゃいけないんだ。大きくため息をつくと、尚子《なおこ》はぐいっと腕《うで》まくりをした。そして、思いきり力を入れてカウンターをふきはじめた。

和也《かずや》がもどってきたのは、それからしばらくしてからだった。

尚子を見ないでぼそっという。

「ゴミ袋《ぶくろ》とか買ってきてほしいって、ばあちゃんがいってるんだ。荷物が多いから、尚子にもいっしょに行ってもらえって」

「いいよ」

尚子も、はっきり顔を合わさないようにしてこたえた。

商店街《しょうてんがい》をぬけて、公園に沿《そ》って曲がると川に出る。上流に桜《さくら》の木があるのだろう。花びらが何枚もさらさらと流れていく。

「あのさ」

和也《かずや》が口を開いた。

「さっきのことだけど、……ごめん」

早口でそれだけいうと、ちょっと足を早める。

「え」

とたんに尚子《なおこ》の張《は》りつめていた気持ちが、ふわっとゆるんだ。

尚子はあわてて小走りになり、和也に追いつく。

「私のほうこそ、よくわかってないのに、勝手《かって》なことといって、ごめんなさい」

和也の肩《かた》が、すっと下がった。

足も少しゆっくりになる。

そして、ぼそっといった。

「ふたごってさあ、ふつうは、だいたい、同じくらいの大きさで生まれてくるんだって」

「え？」

尚子は思わず、和也の顔を見る。

「それがさ、おれたちはちがって、おれのほうがずっと大きかったんだって」

「ふうん」

「生まれた時から敏也《としや》は弱くて、しょっちゅう熱《ねつ》はだすし、腹《はら》はこわすし、頭の血管《けっかん》がどうとかなる病気にはなるしで、小さいころから家にいるより、入院してる方が多いぐらいだった。ところが、おれは風邪《かぜ》ひとつひかない元気な子で、まったく手がかからなかったわけ」

そこまでいうと、和也《かずや》は自分でふふっとわらった。

「だから、わかるんだ。父さんも母さんも敏也のことが心配だってこと」

「うん」

「うちの父さんさ、ワールドホテルのレストランに勤《つと》めてたんだぜ」

「あのよくグルメ番組で紹介《しょうかい》されてる？」

「もともと家は、ばあちゃんと母さんがやってる小さな喫茶店《きっさてん》だったんだ。それが、敏也に手がかかるからって、父さんはホテルをやめて、オムレツ屋を開いた。ホテルにいたら、料理長とかになれたかもしれないのにさ」

橋のまん中で、和也《かずや》は立ち止まった。欄干《らんかん》に手をかけて水の流れに目をやる。

「うちは、そうやって敏也《としや》を育ててきたんだ。とくに母さんは、いつも敏也のことが一番だった。遊園地とかキャンプとか、おれが行きたがると、母さんにいわれた。そんなところに行っても、敏也はみんなと同じことができないのよ。かわいそうでしょって。友だちが家族でいろんなところに行くのがうらやましかったな。……三年生の時、おれ、サッカーのジュニアクラブのコーチしてる人にいわれたことがあるんだ。東京へきてテスト受けてみないかって」

「すごいじゃない」

「だけど、その時も敏也が入院して、みんないそがしかったから受けにつれて行ってもらえなかった。さすがにくやしかったぜ。でも、母さんにいわれたんだ。兄弟とサッカーとどっちが大事なのって」

尚子《なおこ》は何ていえばいいのかわからなかった。

「家族なんだし、兄弟なんだし、おれだって敏也を助けるのはあたりまえだ。そう思ってる」

そんなに大きくない川だけれど、水の流れは速かった。

「だけど、おれはあいつにやさしくなれない。もし敏也《としや》がいなかったらって、心のどっかで思ってるのかも」

和也《かずや》はじっと水の流れを追っている。

つぎからつぎから、花びらが折《お》り重《かさ》なって流れていく。

「敏也はいいやつだぜ。だれにでもやさしくて、素直《すなお》で、がんばりやで。頭もいいしな」

白い鳥が水面すれすれまで降《お》りてきて、そのまま、ぱっと飛び立った。

水しぶきがキラッと光る。

「ごめんなさい。私、和也の気持ちも家のことも何も知らないで、いいたいことといって」

「いいんだよ。それは」

和也がちらっと尚子《なおこ》を見た。

「尚子のいうとおりなんだ。こんな時だし、あいつも手伝ったらいいんだ。あぶないことをするわけでもないし、それに、敏也《としや》も手伝いたかっただろうしな」

雑巾《ぞうきん》を手にしたときの敏也の顔を思いだす。尚子《なおこ》が「ありがとう」っていったら、うれしそうに、にっこりした。

「おれ、あの時、母さんがやってきたらどうしようって、あせったんだ」

「明子《あきこ》さんが？」

「敏也のこと見て、『何してるの、あぶないでしょ、そんなことして』っていいそうな気がしたんだ。おれ、もうそういうのききたくないんだ。だからカーッとしてきて、あんなこと、いっちまった。……ごめんな」

尚子はだまって首をふった。

和也《かずや》はわかっている。でも、わかっていても、どうにもならないんだ。

だれにも何にもいってほしくない。

なぐさめてもらったって、うれしくない。

自分の心の中でがまんしているより、どうしようもないんだ。

尚子はただ、和也の横顔を見ていた。

「おお、ごくろうさん。健太《けんた》がきてるぞ」

オムレツ屋にもどると、保《たもつ》さんが店にいた。

ところが、健太は茶の間の前でつったっている。

どうしたんだ？　と和也《かずや》が目でたずねると、健太がだまって茶の間を指でさす。

「だって、仕方ないでしょう」

明子《あきこ》さんの声だ。

「だいじょうぶだよ、自分のことは自分でするよ」

敏也《としや》の声？

和也も不思議《ふしぎ》そうな顔をして、健太を見た。

「ダメです。いうことをきいてちょうだい」

「だいじょうぶだってば」

「敏也、あなたのためなのよ」

明子さんの声が大きくなっていく。

「どうしたんだ？」

和也《かずや》が小声で健太《けんた》にきいた。

「おばさんがな、店の工事とかいそがしくて敏也《としや》のめんどうを見てやれないし、もしあぶないことがあると大変だから、寮《りょう》に帰れっていってるんだ」

「寮に今から？　まだ春休み中なのに？」

そばにすわっている静江《しずえ》さんも、こまったようすだ。

「そんなに母さんに何もかもしてもらわなくても、自分でできるってば」

「一人ではあぶないの」

明子《あきこ》さんがぐっとせまる。

「あぶないことなんかしないし、ちゃんと気をつけるよ」

「いくら気をつけてても、できないことがあるでしょ。おねがいだから、母さんのいうことをきいてちょうだい」

「ぼくはもう、六年生なんだよ。赤ちゃんじゃないんだから、もう少し、信用してよ」

「六年生っていったって、まだ、子どもです」

「和也《かずや》のことは、信用してるくせに。ぼくたち、同じ年だよ」

はっと、明子《あきこ》さんが息を飲むのがわかった。

「だって、和也と敏也《としや》はちがうわ。和也は何でもできる子だし、安心だけど……」

「ぼくだって……。そりゃあ、何にも役にたたないけど、でもぼくだって、せめて和也の半分でいいから、自分一人でできるようになりたいんだよっ」

敏也が涙声《なみだごえ》になってくる。尚子《なおこ》は思わず、和也の顔を見た。

「まあまあ、明子さん、敏也もこんなにいやがっているんだから、いいじゃないか。私も気をつけて敏也を見るようにするから。ねっ、いいだろ」

静江《しずえ》さんの声に、明子さんが何もいわずに立ち上がったのがわかった。

台所につづくガラス戸の開く音がして、すぐにバシっと閉《し》められる。

茶の間に入ると、敏也が声をださずに泣《な》いていた。自由に動く左足をかかえこんで、顔をうずめている。肩《かた》がひくひくと波打っていた。

静江さんがこちらを見て、ゆっくり首をふる。

和也《かずや》が両手の荷物をおくと、そっと敏也《としや》に近づいてすわった。

「敏也、さっきはごめんな。つい、きついことといっちまって……。部屋にもどるか？」

和也が敏也の肩《かた》の下に手をさしこんで、立たせようとした。

でも、敏也はそのままだまって首をふるだけだった。


夕食の時も敏也の席はあいたままだった。

「あいつが飯《めし》にこないなんて、はじめてだ」

和也がぽつんといった。

「体の調子がわるくて、あんまり食えない時でも、かならず飯にはきてみんなといっしょにいた。それに」

和也はちょっと言葉《ことば》をきってからつづけた。

「あいつが泣《な》くの、ひさしぶりに見た。おれ、あいつの気持ちなんか考えたこともなかった」

口数少なく夕食をおえると、和也《かずや》は階段《かいだん》をかけ上がって行った。
春休みを三日のこして、敏也《としや》は寮《りょう》にもどっていった。
どこからか、桜《さくら》の花びらが風にのってきて、商店街《しょうてんがい》の中を舞《ま》っている。

3　たった一人の家族

　あっという間に五月をむかえ、ゴールデンウィークに入った。転校して一か月、尚子《なおこ》は新しい学校にもすっかりなれた。

　和也《かずや》や健太《けんた》とはちがうクラスだったが、おしゃべりする友だちもできた。いやなことのひとつやふたつあっても、そんなの、どこの学校にだってあることだ。


　店の前を掃《は》いていると、大沢《おおさわ》酒店のおじさんが通りがかった。

「おや、尚子ちゃん、お手伝いかい。えらいねえ」

「おはようございます」

「今日から、桜小路商店街《さくらこうじしょうてんがい》の『こどもの日祭り大安売り』が始まるからね。広場でくじ引きもあるから、おいでよ」

たしか四月は「桜祭《さくらまつ》り大安売り」だった。ひょっとして毎月何かお祭りがあるのだろうか。

「そうだ、いいものをあげよう」

おじさんは、ポケットから商店会の抽選券《ちゅうせんけん》をだすと、一、二、三、……と五枚数えて、尚子《なおこ》にわたしてくれた。

「これって、買い物してもらうんですよね」

「これはな、朝っぱらから店の手伝いをしてるような、いい子用の特別抽選券だ。きっと当たるぞ。はははは」

「ありがとうございます」

「じゃあ、またあとでな」

おじさんは、右手をちょいと上げると、いそがしそうに歩いていく。

茶の間に行くと、健太《けんた》といっしょに敏也《としや》もいた。ゴールデンウィークを過ごすために、寮《りょう》から帰ってきているのだ。

「今日から、子どもの大安売りだな」

健太《けんた》がうれしそうにいう。

「『こどもの日祭り大安売り』だ。子どもを売るわけじゃない」

和也《かずや》がいいなおす。

「どっちでもいい。そんなもん」

健太がむっとする。

「今年の一等は図書券一万円分だぞ。一万円！　何冊《なんさつ》マンガが買えると思う？」

「全巻そろうよなあ」

和也の目もとろんと光る。

「おれ、この日のためにポイントシールためたんだぜ。ほら、抽選券《ちゅうせんけん》二枚分」

「うわっ、がんばったな。おれ、一枚しか集められなかった」

「それだったら、私もあるよ」

尚子《なおこ》もポケットから抽選券を出す。

「ええっ。五枚もあるじゃんか。どうしたんだ、これ」

「さっき店の前を掃除《そうじ》してたら、大沢《おおさわ》のおじさんがくれたの。店のお手伝いをするいい子用の券だって」

突然《とつぜん》、健太《けんた》が台所にむかってさけぶ。

「ばあちゃん、もう、掃除するところないか？」

「残念《ざんねん》ながら、抽選券《ちゅうせんけん》めあての子に掃除してもらう所はないね。でも、おいしいおやつぐらいはだしてやろうか」

静江《しずえ》さんがお盆《ぼん》にアイスクリームをのせてきた。

「うわっ、やったー」

健太が、大切な抽選券をいそいでポケットにしまう。

その時、明子《あきこ》さんが廊下《ろうか》を通りかかった。

「尚子《なおこ》ちゃん、来週から家庭訪問だけど、お知らせは、まだもらってない？」

「もらったけど、いらないいから先生に返しました」

「返した？」

「返しただって？」

静江《しずえ》さんと明子《あきこ》さんがいっしょにきき返す。

「尚子《なおこ》、それ、どういうことだい」

静江さんが尚子の前にすわりなおした。

「えーと、母さんはいつ帰ってくるかわからないし、それに私には家庭って、ないから、家庭訪問もいらないと思って……」

最後はちょっと小さい声になる。


あれはもう、ずいぶん前になる。

「お母さんはいつごろ帰っていらっしゃるの？」

先生にきかれた。

「わかりません」

尚子はそういうしかない。

「あら、わからないの？　こまったわねえ。家庭訪問の日が決められないわ」

「それならいいです。家庭訪問なくても」

「でもそういうわけにはいかないのよ」

「私には家庭がないんだから、仕方ないと思います」

「まあ、小林さん……」

それでもしばらくして、先生は「家庭訪問のお知らせ」のプリントを、みんなと同じように尚子《なおこ》にもくばってくれた。

「おうちの方のごつごうがわるいときは知らせてくださいね」

先生はそういってたから、尚子はそのままプリントを返した。

「母さん、いませんから」

先生はため息をついたが、もう、何もいわなかった。

「家庭がないだって？　先生にプリントを返した？　どういうことだい」

静江《しずえ》さんがまっすぐ尚子を見る。

「母さんはいつ帰ってくるかわからないから、家庭訪問もいりませんって、プリント返しました」

「まあ」

明子《あきこ》さんが、静江《しずえ》さんの顔をちらっと見る。

「まったく、何てことだろうね」

はぁーっと、大きなため息をつくと、キッとにらむような目で、尚子《なおこ》を見た。

「尚子、ききなさいよ。たしかに、悠香《はるか》はいないし、いつ帰ってくるのかもわからない。だけどね、悠香がいない間は、ここがお前の家庭なんだよ。私も明子もそのつもりで、おまえをあずかったんだからね。先生にも、ここに家庭訪問にきていただくんだよ。それを、子どもが勝手《かって》なまねをするんじゃないよっ」

尚子はぎゅっとくちびるをかんだ。

尚子だって、みんなと同じように先生に家庭訪問をしてほしかった。母さんとどんなことでもいいから、しゃべってほしかった。

だけど、尚子にはどうしようもない。母さんはここに、いないんだから。

「連休が明けたら学校に電話してみます。それでいいかしら。尚子ちゃん」

尚子がこたえる前に静江さんがいう。

「そうだね。そうしてくれるかい。わるいけど、ていねいにおわびして、いつでもいいですから、おねがいしますって」

「はい。わかりました」

明子《あきこ》さんは気づかわしげに尚子《なおこ》を見たが、そのまま店にもどって行った。

静江《しずえ》さんも立ち上がりかけて、もういちど尚子を見る。

「これからは、もう、絶対《ぜったい》にこんなことしちゃダメだよ。いいね」

ところが、ちょうどその時だ。静江さんの横で電話が鳴った。

「はい、もしもし、小林です」

受話器を持った静江さんの顔が、しだいに険《けわ》しくなった。

「尚子、悠香《はるか》からだよ」

「え、母さん？」

「ああ、あんたに代わってほしいってさ」

尚子はびっくりしながら、受話器を受け取った。

今までも、尚子をあずけてあちこちで仕事をしてきた母さんだが、日本の中にいても、電話なんかあまりかけてこない。

何かあったのだろうか。

「もしもし」

電話に出ると、それはやっぱり母さんだった。

「尚子《なおこ》、ごめん。九月に帰れなくなっちゃった。モンゴルから、北京《ペキン》に行く話があってね。おもしろそうなんだ。母さん、その取材に着いていくことにしたの。だから、あと二か月ほど、長くなるんだ」

尚子の心のおくのほうが、すーっと冷《つめ》たくなった。

「いいよ。べつに」

「そう？　わるいね。おみやげ買って帰るからね」

予定がのびるなんてよくあることで、いつものさっぱりしたいい方だ。これまでも、ずっとこうして過ごしてきた。

なのに今日は、尚子の気持ちが、ぷちっと切れた。

「いつまで行っててもいいよ。平気だよ」

ぽろっと言葉《ことば》が出る。

「え？」

「ずーっと行っててもいいよ。私、ここにおいてもらえるんだったら、それでいいから」

「へーえ」

母さんの声が変わった。びっくりしている。

「えらくそこが気にいったのね。おばあちゃんにごきげんとってもらって、あまえてるの？」

「ちがうわよ。私はもう、あちこち転校するのがいやなの。母さん、知ってる？私、来年から中学生だよ。中学に行っても転校ばっかりするのはいやだからね」

「だって仕方ないじゃない。母さんはこういう仕事なんだから」

「そういう仕事をえらんだんでしょ、私より。だから、私も自分の生活をえらぶの、母さんより」

「尚子《なおこ》。あんた母さんといっしょに暮《く》らせなくてもいいっていうの」

「今までだって、いっしょに暮らしてきたっていえる？　ちょっと落ち着いたら、つぎはあっちって引きまわされて。友だちだって、できたと思ったら別れなくちゃいけない。もう、私は、それがいやなの」

「そこがどれだけ気に入ったのか知らないけど、ずっと世話《せわ》になってるわけにはいかないのよ」

「この家においてもらえないんだったら、それでもいい。私みたいな子を入れてくれる施設《しせつ》があるんでしょ。私、そこに行く」

「尚子《なおこ》」

電話の向こうで、母さんがすうっと息を飲んだのが、わかった。尚子は汗《あせ》ばんだ手で、受話器をもういちど、にぎりなおした。

もうもどれなかった。

言葉《ことば》は止められなかった。

「母さんが今までみたいな暮《く》らしをするんだったら、私はもう、ついていかない」

電話の向こうでピーピーという音がしはじめている。

「わかったわ、尚子。じゃあまた、かけられそうな所についたら電話する。そちらのみなさんに、よろしくいっておい……」

プチンと電話が切れた。

急に力がぬけて、尚子《なおこ》は受話器をガシャッと下ろしてしまった。

あたりがシーンとしている。

「尚子、本気か」

和也《かずや》がおそるおそるきく。

「ちょっときつくないか、お母さんに」

健太《けんた》が遠慮《えんりょ》しながらいう。

「本気よ」

本当に本気？

これは、本気よ。

自分自身にもこたえる。

これは、今思いついたことじゃない。言葉《ことば》にはしなかったけれど、心の中に、ずっとたまっていた気持ちなんだ。もう、こんな暮《く》らし、いやなんだ。

親友だって作りたい。何かをつづけてやってみたい。

「だけどさ、たった一人の家族だろ」

和也《かずや》がかさねていう。

「……家族なのかな。あんまりいっしょに暮《く》らしてないのよ。何か月かいっしょにいたと思ったら、友だちの家にあずけられるし、しばらくしたらまた、長距離《ちょうきょり》トラックに乗って行っちゃうし。きっと、母さんは私のことなんか考えてないし、私も母さんのことがわからない。そんなの家族かな？」

静江《しずえ》さんが、いきなり尚子《なおこ》の前にぴたっとすわった。

「本当に本気なのかい。いいかげんなことをいっちゃいけないよ。大事なことだからね。もし、本気でそう思ってるんだったら、ひとついっておく。施設《しせつ》にも、どこにも行くことはない。尚子がいたいのなら、ずっとここにいたらいいんだ。私はあんたのばあちゃんだからね。保《たもつ》や明子《あきこ》さんにも、私からちゃんという。それだけは、おぼえておいておくれ」

静江さんの目は、大人《おとな》の本気の目だった。その目に負けないように、尚子も、

くいっと、うなづいた。

そのとき、店から明子《あきこ》さんの声がきこえてきた。

「トラックが着きました。荷下《にお》ろしを手伝ってください」

店の前には、トラックを長いこと止めておけないから、食材が着くと、みんなで手分けして下ろすのだ。

「今行くよ」

静江《しずえ》さんがさっと立ち上がる。和也《かずや》と健太《けんた》も、アイスクリームをあわてでかきこんであとを追う。

尚子《なおこ》も立ち上がりかけて、はっとした。

敏也《としや》が、足早に行く二人の後ろを、じっと見ている。

尚子はすわりなおすと、スプーンを持った。

「せっかくのアイスクリームがとけちゃうね」

敏也はかすかにわらって見せてから、ぽつんといった。

「ぼくもそうかもしれない」

「え？」

聞き返す尚子《なおこ》に、敏也《としや》はまた小さくわらう。

「本当の家族じゃないのかもしれない。だって、小さいころからすぐに病院で、小学校からは寮《りょう》だし、ぜんぜんみんなといっしょにいないもんなあ」

尚子はあわててスプーンをおいた。

「敏也くんはちがうよ。ここの家の人は、みんな敏也くんのことを考えているもの。私や母さんとはちがう」

「尚子ちゃんのお母さんだって、尚子ちゃんのことを考えてると思うよ」

「あの子がいると、めんどくさいなあってね」

尚子はわらって見せる。でも、半分、本当かもしれないと思っている。

「ぼくだって」

「何いってるの。みんな、敏也くんのこと、大事にしてるじゃない。明子《あきこ》さんも保《たもつ》さんも静江《しずえ》さんも、和也《かずや》だって」

「もし、和也《かずや》がぼくのことをめんどうだと思ってても、それはあたりまえだよ。すごくめいわくかけてるもん。あいつ、きっと、ずいぶんがまんしてるんだ」

敏也《としや》は、とけてしまったアイスクリームを、スプーンでかきまわしている。

「がまんしてるかどうかはわからないけど」

尚子《なおこ》のアイスクリームもとけている。

「この前、和也がいってたの。敏也は素直《すなお》でだれにでもやさしくて、がんばりやで、いいやつだって」

「本当？」

敏也の目が、メガネごしにくるっと開く。

「うん、そういってたの、ただ、明子《あきこ》さんたちが敏也くん中心になるのは、ちょっとね。だけど、それも仕方ないって、わかってるっていってた」

「そうなんだ」

敏也の視線《しせん》がゆっくり動き、和也のからっぽになった皿《さら》で止まった。

「敏也くんは、どう思ってるの？　和也のこと」

敏也《としや》の口元がふわっとほころびた。

「いいやつだと思う。あいつこそ、やさしくて何にでも一生懸命《いっしょうけんめい》で。明るくて、何でもできて」

敏也がふし目がちになる。

そして、ぽつんといった。

「うらやましい」

4　スパイクシューズ作戦

ゴールデンウイーク二日目。

あの電話のあと、母さんからは、何も連絡《れんらく》がなかった。

心のどこかがもやもやしている。

でも、時間はそのまま過ぎていく。

健太《けんた》が茶の間に現《あらわ》れたのは、昼過ぎだった。

「店に、伊藤と浅川がきてたぜ。二人ともかしこまって、バナナジュースなんか飲んでたぞ」

「あの陸上部の伊藤か？」

「ああ、お前に会いにきたんでもなさそうだな。何しにきたんだろ」

和也《かずや》が健太《けんた》の顔を見る。

「バナナジュース飲みにきたんだろ。うちはレストランだ」

「あ、そうか」

尚子《なおこ》がぷっと吹《ふ》きだす。敏也《としや》もくすっとわらってる。


静江《しずえ》さんの足音がした。よごれた感じのナップサックを下げている。学校でつかう体操服《たいそうふく》入れだ。

「和也、こんなものを店におといといたらだめだろ。お客さんが見つけてくださったんだよ」

ぽいっと和也にわたす。

「本当にもう、かたづけのわるい子だね」

そのまま、あわただしく引き返して行く。

ナップサックを受けとった和也は、きょとんとしている。

「なんで、こんなもんが、店にあるんだ?」

「帰ってきた時、店において、そのままわすれてたんじゃない？」

「いいや、そんなはずない。だって、おれ、家に持って帰ったおぼえないぜ。何が入ってるんだろ」

和也《かずや》が不思議《ふしぎ》そうな顔でナップサックに手を入れた。

「スパイクシューズだ。すげえ！　これ、まちがいなくおれのじゃないぜ。おれ、こんなの持ってないもん」

「名前がかいてあるみたいよ」

尚子《なおこ》が指さす。

「ＨＡＹＡＫＡｗＡ。クラスの早川かな」

「どうして、早川のスパイクがここにあるんだ？」

「知らねえよ。あっ、それより」

和也がぱっと時計を見た。

「あいつ、今日の二時から陸上の試合《しあい》のはずだ」

みんなの視線《しせん》がスパイクに集まる。

「これ、いるんじゃないか!?　届《とど》けてやらなきゃ」

和也《かずや》が立ち上がったのと同時に、健太《けんた》がさけんだ。

「わかった」

「なんだよ」

「伊藤だ」

「伊藤？　伊藤がどうしたんだ？」

「あいつ、たしか、予選《よせん》会で早川に負けただろ」

「えっ、まさかそれで、早川のスパイクをかくしたっていうのかよ」

尚子《なおこ》もクラスはちがうけど、伊藤っていう子の顔は知っている。足も速いし、ちょっとカッコイイ子だ。尚子のクラスの陽菜《はるな》ちゃんが夢中《むちゅう》になってる。

「くっそう。それで、知らん顔して、店に持ってきて『こんなのおいてありましたけど』なんて、ばあちゃんにわたしたのかよ。ゆるせねえ」

飛びだそうとする和也を止めたのは、敏也《としや》だった。

「ちょっと待って。その伊藤って子が、知らないっていったらどうするの？　証《しょう》拠《こ》はないんでしょ。お店でもめるの、まずくない?」

「そうだなあ。店でケンカはまずいよなあ」

健太《けんた》もいう。

ちょっと考えていた和也《かずや》が、くやしそうにつぶやいた。

「そういうことか」

「え」

「あいつら、きっとそのつもりなんだ。おれがスパイク持って飛びだすのまってるんだ。それで、『おまえ、どうして早川のスパイクを持ってるんだ』なんていうつもりなんだ。だから、店でバナナジュースなんか飲んでるんだ」

和也はまた、ちらっと時計を見た。

「とにかく、今ごちゃごちゃやってるひまはないな。裏口《うらぐち》から出るよ」

「裏口だけど」

敏也《としや》が口をはさんだ。

「さっき、ぼくの部屋から見たら、裏の木戸のところに、ぼくたちぐらいの子が二人いたんだ。和也《かずや》の友だちかと思ったんだけど、なんか、木の陰《かげ》にかくれるみたいにしてて、変な感じだった」

敏也《としや》の部屋は裏口《うらぐち》のすぐ横だ。部屋の窓《まど》から、裏庭を通して木戸のところが見える。

「二人だって?」

のぞきに行った和也は、すぐもどってきた。

「久保《くぼ》と坂井だ。あいつら、いっつも伊藤のいいなりなんだ」

和也はまた、時計を見た。

「時間がないな。おい健太《けんた》、おまえんとこの便所《べんじょ》の窓のカギ、あいてるか」

便所の窓?

でも健太はにやっとわらう。

「おう、あいてるぜ。行くか」

「何? どこ行くの?」

「うちと健太んちの間には、ほとんどすきまがないだろ」

「うん」

「それで、二階の廊下《ろうか》の一番はしの窓《まど》と、健太《けんた》んちの便所《べんじょ》の窓が、ほとんど同じ位置《いち》にある」

「じゃあ、窓から窓に？　だって、二階よ」

「今まで何度も、やってる。近道だ」

「ええっ」

「しーっ。母さんたちにはいうなよ」

「だって」

和也《かずや》は健太の方を向く。

「健太にたのみがある。今から、裏口《うらぐち》を出たところで、何でもいいからやってくれ。やりながら、敏也《としや》の部屋の窓《まど》に向かって、しゃべるんだ。おれがその部屋にいるみたいにな」

「ええっ？　何を？」

「おれが、熱《ねつ》でもだして外に出られないから、お前が代わりにやってるってことにしよう。それで、『これでいいか、和也《かずや》』とかいいながらやってくれ。尚子《なおこ》は、おれがいないことを、母さんやばあちゃんに気づかれないように、ごまかしてくれ。伊藤がばあちゃんにきくかもしれねえからな」

「だって、そんなこと」

和也の耳には、もう何も入らない。

「健太《けんた》、お前の靴《くつ》と自転車借りるぞ」

それだけいうと、和也はスパイクを持って、走って行ってしまった。

「ようし」

不安そうなかけ声を入れて立ち上がると、健太も肩《かた》をいからせて、のっしのっしと裏口《うらぐち》に向かう。

心配そうに見送った敏也《としや》が、尚子をふり返った。

「尚子ちゃん、見てきてくれない？」

「うん」

裏口《うらぐち》から庭に出てみると、健太が大きなシャベルを手にしていた。そして窓《まど》に向かってやたらと大きな声でさけぶ。

「和也《かずや》。これからやるからな。いいな、和也」

そして、そのシャベルで穴《あな》を掘《ほ》りはじめたのだ。

何をする気だろう、と尚子《なおこ》が思うのと同時に、裏木戸《うらきど》でガタっと音がした。男の子が一人、走っていくのが見えた。でもすぐに、その子は伊藤をつれてもどってきた。

伊藤はかくれなかった。木戸の向こうから、健太《けんた》に声をかける。

「おい、大西じゃねえか。おまえ、そんなところで何やってるんだ？」

「見たらわかるだろ。穴掘ってるんだ」

健太は伊藤の方を見もせずに、こたえる。

「ここは、小林の家だろ。なんでおまえが、ここで穴掘りをしてるんだよ？」

「あいつが風邪《かぜ》ひいて、外に出られねえから、代わりにやってるんだ」

「小林は家の中にいるのか？」

「ああ。いるぜ。いるにきまってるだろ」

「ふうん」

伊藤がうたがわしげな顔をする。

「そんな穴掘《あなほ》って、何する気だ？」

「え？　それは、あれだ。ひまわり植《う》えるんだ」

ええっと、尚子《なおこ》もさけびそうになる。

「そんなでかい穴にか？」

あきれたように、伊藤がいう。

「そうだ。でっかいひまわり植えるんだ」

「ばかやろう。そんなもんがあるか」

あるわけない。と尚子も思う。

「おまえ、何かかくしてるだろ」

「な、何だよ。かくしてなんか、そんなこと、ねえよ」

健太《けんた》の声がふるえている。

「あのね」

急に尚子《なおこ》が口を出したので、伊藤たちはびっくりしたように、こちらを見た。

「その穴《あな》に、肥料《ひりょう》を入れるの」

「肥料？」

「そう、肥料を入れてまた、土をかぶせておくの。しばらくしてから、そこに種《たね》を蒔《ま》くと、大きいひまわりが咲《さ》くの」

農家にあずけられていた時の知識《ちしき》が、こんなところで役に立つとは、夢《ゆめ》にも思わなかった。

「へえ。そうなのか」

納得《なっとく》したように見えた伊藤だったが、また、うたがわしげに健太《けんた》を見る。

たしかに健太の態度《たいど》はおかしい。

伊藤たちの方も見ないで、ひたすら穴《あな》を掘《ほ》っている。

穴がどんどん大きくなる。

「大西、おれ、ちょっと小林に用事があるんだけどな」

「ダメだ」

「どうして?」

「だ、だからよ。風邪《かぜ》だっていってるだろ」

「出てきてくれなくても、いいんだよ。窓越《まどご》しに話させてもらうから。おい、小林、ちょっとだけ顔だせよ」

そういいながら、伊藤はずかずかと庭に入ってくる。

健太《けんた》はシャベルをかまえた。

何をする気だ。

その時、窓がガラっとあいた。

「なんだよお。うるせえな」

和也《かずや》、じゃない、敏也《としや》だ。

メガネをはずして、マスクをし、タオルを頭にまいている。その上から和也のパーカーを着ている。

タオルでかくれて、髪型《かみがた》のちがいはわからない。

さすがにふたごだ。こうすると、本当にそっくりだ。

顔しかだしてないから、足のわるいことも、少しほっそりしていることも、わからない。

「あっ、とと、っと」

健太《けんた》があわてている。

「なんだ、小林、いたのか」

伊藤は拍子《ひょうし》ぬけしたような声を出した。

「風邪《かぜ》ひいて、寝《ね》てるんだよ。あんまり近づくとうつるぜ」

ごほごほと、せきをする。

伊藤は、足を止める。

「それで、用事って何だよ」

「あ、ああ。あのな、お前、ナップサックを学校にわすれていただろ」

「え？　そうだったかな」

敏也《としや》がとぼける。

「それでな、坂井がわざわざ届《とど》けにきたんだとよ。な、坂井」

坂井とよばれた子は、ちょっといやそうにうなずいた。

「それで、お前のばあちゃんにわたしておいたんだってよ。な、坂井」

坂井がまた、いやそうにうなずく。

「小林、おまえ、何かきいてないか」

「おれ、ずっと風邪《かぜ》で寝《ね》てたからな。だけど、届《とど》けてくれたんなら、ありがとうよ」

「い、いや、べつに」

坂井が、もごもごっという。

「ところでよ、小林、おまえ、なんでタオル頭に巻《ま》いてるんだ」

伊藤が不思議《ふしぎ》そうにきく。

「熱《ねつ》を下げるには、タオルかぶって寝るのが一番なんだ。おまえ、知らねえのか」

「へえ?」

伊藤がぽかんと口をあける。

「用事すんだんだったら、いいか。おれ寝るからな」

「あ、ああ。風邪ひいてるのに、すまなかったな」

「おう、じゃあな」

敏也《としや》が窓《まど》を閉《し》める。

伊藤はちょっと首をかしげながら、庭から出ていった。でも、まだ、木の陰《かげ》で
坂井や久保《くぼ》と話している。

「やっぱり、いるんだ」

「でも何かおかしくねえか」

伊藤が腕時計《うでどけい》を見る。

「もうちょっとだけ、ようすを見ようぜ。それで……」

そのとき、家の中から、明子《あきこ》さんの声がした。

「和也《かずや》、和也、どこにいるの」

尚子《なおこ》は急いで、家の中に飛びこんだ。

「尚子ちゃん、和也を知らない？」

「あ、あの、敏也くんの部屋にいます」

「えっ、敏也の？　何してるの？」

明子《あきこ》さんがぴたっと止まる。

「ゲーム」

とにかく思いついたことを口にする。

「ゲーム？　二人でゲームしてるの？」

敏也《としや》の部屋に行こうとするのを、尚子《なおこ》はあわてて止める。

「あのね、今、ちょうど、二人でうまくいってるところなの。明子さんが行ったら、和也《かずや》が恥《は》ずかしがってやめちゃうかもしれない。だから、今は行かない方がいいと思うよ」

われながら、よくこんなことが口から出てくると思う。

でも明子さんは、大きくうなずいた。

「そう、そうね。せっかく仲《なか》よくやってるんだものね。尚子ちゃん、ありがとう」

尚子はぎゅっと両手をにぎられる。

「じゃあ、私は、おやつを用意しなくちゃ。ああ、何にしようかしら。おやつ、おやつっと」

明子《あきこ》さんは、はねるような足取りで台所に向かっていく。

明子さんににぎられた手の、持って行き場がない。

ふーっと、ため息をつく。

その時、ちょうど明子さんと入れかわるように、和也《かずや》が階段《かいだん》から姿《すがた》を現した。

尚子《なおこ》は、人差し指を口にぐっと押《お》しあてて、もう一方の手で、手まねきをする。

「健太《けんた》はうまくやったか？」

和也が忍《しの》び足《あし》で近づいてくる。

「健太はぜんぜんだめ。ばればれ。でも、敏也《としや》がたすけてくれたの」

尚子も小声でこたえながら、敏也の部屋にいそぐ。

「敏也が和也のふりをして、伊藤たちをごまかしてくれたの。でもあの人たち、まだ、うたがって木戸のところにいると思う」

「へぇ！　おれのふり？　敏也が？」

和也がいそいで敏也の部屋の戸をあける。

びくっとふりむいた敏也が、和也を見て、ほっとした顔をした。

和也《かずや》はだまって敏也《としや》にむかって両手を合わせる。

敏也がいそいで、パーカーをぬいだ。タオルも取って和也の頭にまくと、窓《まど》ぎわにかくれる。

和也はそのパーカーを着ると、がらっと窓をあけた。

「か、和也っ」

ひたすら穴《あな》を掘《ほ》りつづけていた健太《けんた》が、うれしそうにさけぶ。

「おう、健太ありがとうよ。今、熱《ねつ》をはかったら下がってるんだ。もうだいじょうぶだぜ」

「よかった、よかったなあ。本当によかった」

だれが見ても不思議《ふしぎ》なくらい、健太がよろこぶ。

和也は木戸のほうに目をやった。

「おお、伊藤、まだいたのか」

「いや、今、帰るところだ」

「伊藤、お前、気にしてるかもしれないからいっとくけどな。お前がウサギちゃんのパンツはいてたこと、おれはだれにもいってねえぞ」

伊藤の顔が、さっと赤くなった。

「か、帰るぞ」

坂井たちをせかして、帰って行く。

健太《けんた》が、ふーうっとため息をつきながら、いった。

「おまえ、あいつのそんな秘密《ひみつ》をにぎってたのか。だから、こんなことに、まきこまれるんだよ」

パタパタと軽い足音が廊下《ろうか》からする。

「和也《かずや》、敏也《としや》、おやつの用意ができたわよ。今日は、なんとクリームパフェを作っちゃった」

はずむようなノックの音がして、ドアが開く。

「あら、ゲームはもう、おわったの？」

明子《あきこ》さんがきょろきょろっとする。

「ゲーム？」

和也《かずや》が尚子《なおこ》に目できいてくる。

「あっ、あのジャンケンゲームをしてたんです」

尚子が早口でいう。

「ジャンケンゲーム？」

「そうなの。ほら、ジャンケンポンって。あれです」

「あれ？　母さん知らないのか？　ジャンケンゲーム」

和也が雰囲気《ふんいき》をさっして調子を合わせる。

「ジャンケンぐらい知ってるけど、あら、和也、どうしてタオルなんかまいてるの？」

「だから、その、ジャンケンに勝ったら、タオルをまくゲームなんだ。な、敏也《としや》」

「うん。そうなんだ。さっきまで、ぼくがまいてたんだけどね」

「おもしれえんだよな」

「うん、こんなにおもしろいとは思わなかったよ」

「本当よねえ」

ははははは。

三人でわらう。

とにかくここはわらっておこうと、気持ちが一致《いっち》している。

「そう、そうなの。じゃあ、今度、母さんもやらせてね」

そういって二人を見つめていた明子《あきこ》さんが、いきなり口を手でおおった。

「さ、おやつの用意が、できてるから、早くいらっしゃい」

明子さんはあわてて立ち上がると、足早に行ってしまった。

「あ、泣かしちまった」

和也《かずや》が敏也《としや》を見る。

「何だかわるいことしたね」

「そんなことないわよ」

尚子《なおこ》は心の中がドキドキしてくる。

「明子さんは、二人が仲《なか》よくしてるのがうれしいんだもの。それって今、本当のことじゃない」

へへっとわらいながら、和也《かずや》が敏也《としや》を見た。敏也も恥《は》ずかしそうに、ふふっとわらう。

「でも、尚子《なおこ》もよくいうよ。ジャンケンゲームだなんてさ。あれ何だよ」

尚子も和也にいい返す。

「仕方ないでしょ。いろいろと本当に大変だったんだから」

和也が尚子と敏也を見て、ぺこっと頭を下げた。

「二人とも、ありがと」

「でもさ、母さんがタオル持ってきたらどうする？　いっしょにジャンケンゲームしましょって」

敏也の言葉《ことば》に、三人ともまた、わらいころげる。

「なんだ、どうした」

健太《けんた》が、ぬっと顔をだした。

「おれ、つかれたぞ。ほら見てみろ。手にマメができちまった」

尚子はわらいが止まらない。

「なんだよ。わらいごとじゃねえだろ」

健太《けんた》の口がとんがる。

「ごめんごめん。それよりもう、おやつができてるって。明子《あきこ》さん、今日はすごくはりきって、なんとクリームパフェよ」

「え、ほんとか」

健太のきげんがころっとなおる。

「やったぜ。クリームパフェだ」

「さあ、おれたちも行こうぜ」

和也《かずや》が、さっとだした手に、敏也《としや》がすっとつかまった。


夕食後、お風呂《ふろ》から上がると、茶の間には和也と敏也しかいなかった。二人で、サッカーの雑誌《ざっし》を見て、しゃべっている。

「静江《しずえ》さんは？」

「商店街《しょうてんがい》の集まりに行ってる」

和也《かずや》が、尚子《なおこ》のほうを見もしないでこたえる。

「ぜったい、セリエではさあ、ここだぜ」

「うん、ぼくもそう思う。攻撃力《こうげきりょく》がちがうもんな」

「そうだろ。おれも、前からそう思ってんだ」

尚子は台所から、声をかける。

「ジュース、飲む？」

「飲む」

「飲む」

二人の声がぴたっとそろう。

尚子はくすっとわらってから、コップを三つ茶の間にはこぶ。

いきおいよくジュースを飲みほしてから、和也はちらっと敏也《としや》を見た。

「今日は、びっくりした」

「何？」

敏也がきょとんと和也を見る。

「敏也《としや》にあんなことできるなんて、思ってなかった。おまえって、けっこうやるんだなあ。ホント見直したぜ」

敏也がふふっとわらう。

「明子《あきこ》さんが知ったら、びっくりするでしょうね」

「えっ」

「それは」

二人が顔を見合わせる。

そして同時にいった。

「ないしょだぞ」

「ないしょだよ」

三人いっしょにふきだしてしまう。

お腹《なか》をかかえてわらいながら、尚子《なおこ》は気づいた。

敏也って、こんなにわらう子だったんだ。

いいな。和也《かずや》も敏也も、明子さんも。

この家いいいな。
もう、いい。母さんなんか待たない。
静江《しずえ》さんにたのんで、ずっとこの家においてもらおう。
きめたっ。
尚子《なおこ》はぐいっとジュースを飲みほした。

5 星《ほし》の砂《すな》

梅雨《つゆ》の晴《は》れ間《ま》というのだろうか。

二、三日降《ふ》りつづいた雨がやんで、カーテンごしの日差《ひざ》しが明るい。

土曜日のランチタイムがおわるころ、尚子《なおこ》はたいていオムレツ屋の手伝いをしている。テーブルを拭《ふ》いて、花びんの水をかえて。もう、手順も身についている。

昨日、母さんから電話があった。ゴールデンウィーク以来のことだ。

「もしもし、尚子。私ね、七月の終わりには帰るから」

「えっ、九月まで行ってるんじゃなかったの。それに、そのあと北京《ペキン》でしょ」

「ううん。やめた」

「やめた？」

「うん。北京《ペキン》もやめたし、モンゴルの取材もやめる。出版社にはもう、連絡《れんらく》したんだ。全部やめますって」

「どうして？」

「考えたんだけどね、あちこち飛びまわるのはやめようかと思って。たしかに尚《なお》子《こ》も、もう中学生だものね。潮時《しおどき》だ。フリーライターの仕事をやめて、落ち着いた仕事をさがすことにする」

「だって、母さん……」

何ていっていいのかわからなかった。

「いいの？　本当に母さん、それでいいの？」

でもその時、ガガガガガって雑音《ざつおん》が入って、電話は切れてしまった。

母さんの電話をつたえると、静江《しずえ》さんも目を丸《まる》くした。

「へぇえ、悠香《はるか》がそんなことといったのかい。信じられないね」

でも、そのあとで、ちょっと声を落とした。

「だけどさすがに、この前の尚子の言葉《ことば》はこたえたのかもしれないね」

母さんが、今の生活を変えることなんて、できないと思ってた。

静江《しずえ》さんは、ここにいたらいいって、いってくれた。

だから、それが一番いいと思った。

でも、母さんは今の仕事を全部やめるっていう。

たしかに、尚子《なおこ》が望《のぞ》んでいたことかもしれない。

もう、転校しなくてすむ。

何でも、好《す》きなことをつづけることができる。

でも、本当にこれでいいんだろうか。

なぜか、心のどこかが揺《ゆ》れて、素直《すなお》によろこべない。


尚子は静江さんの言葉《ことば》を耳にしながら、バケツの中で雑巾《ぞうきん》をしぼると、

「ゼラニウムの水やりしてきます」

そう声をかけて店の外に出た。

「手伝ってるのか。えらいなあ」

声をかけられて、ふりむくと、中村先生だった。和也《かずや》と健太《けんた》の担任《たんにん》の先生だ。

「和也のお父さんかお母さん、いらっしゃるか？」

「はい。おじさんなら、中に」

「そうか、じゃ」

いやな予感《よかん》がする。

土曜日にわざわざ先生がくるなんて、ふつうじゃない。和也のやつ、何やったんだろ。たしか今、健太の家で新しいマンガを読んでるはずだ。よんでこようか、それとも逃《に》がそうか。

ところが、先生の用事は思いがけないことだった。いつも落ち着いている保《たもつ》さんが、びっくりした声をだしている。

「あの、敏也《としや》ですか。敏也が何か」

「養護《ようご》学校から、連絡《れんらく》がいってると思うのですが」

「い、いや、すみません。今、母親は敏也をつれて病院に行っていまして。私はちょっと、そういう話はきいてなかったもので。わざわざおいでいただいたのに、申しわけありません」

話をききながら、ひたすらあやまっている。


茶の間で、敏也《としや》が、保《たもつ》さんと明子《あきこ》さんの前にすわらされている。

あの位置《いち》に和也《かずや》がいるのは、何回か見たが、敏也は、はじめてだ。

和也と尚子《なおこ》、そして健太《けんた》は、台所とのガラス戸ごしに、聞き耳をたてている。

「先生から、二回もお手紙をいただいてるのに、どちらも見せなかったわけね」

明子さんの声が低い。

「ごめんなさい」

「中学生になったら、地元の学校に通ったらどうかって、先生からいわれているんだな」

ガラス戸のこちらで和也と健太が顔を見合わせる。

「はい。何回かいわれました」

「そのことを、どうして、父さんたちに、いわなかったんだ？」

「ぼくは、養護《ようご》学校の中等部に行けばいいと思ってたから」

「先生は、おまえが、地元の中学校に行ってもだいじょうぶだと考えたから、すすめてくれているわけだ。たしかに大変なことはあるだろうが、はじめから無理《むり》だと思わないで、考えてみたらどうだ？」

「今日、病院でもいわれたじゃない。ずいぶん、筋肉《きんにく》がしっかりしてきたって。きっとだいじょうぶよ。母さんが毎日送《おく》り迎《むか》えしてあげるし、和也《かずや》だっているんだもの」

敏也《としや》の声はきこえなかった。

「養護学校から小学校に連絡《れんらく》が行ったから、小学校でも考えてくれたんだぞ。地元の中学校に行くんだったら、小学校のうちから友だちがあったほうがいいだろうし、いちどきてみたらどうかって」

「ことわってください。ぼくは、行くつもりはないから」

「敏也。父さんや母さんの話をちょっとはきいたらどうなの」

明子《あきこ》さんの声を止めて、保《たもつ》さんは話を切った。

「今日は時間がないが、またゆっくり話そう。とにかく、もういちど考えておきなさい。それから、学校からの手紙をかくすようなことはするな。いいな」

「はい。ごめんなさい」

ふーう。明子さんのため息がまた、きこえる。

保さんたちが出ていったあとで、尚子《なおこ》たちはそろそろと、茶の間とのガラス戸をあけた。

敏也《としや》が一人、左足をかかえこんですわっている。

和也《かずや》が、その向かい側にどんとすわった。

「おまえが学校からの手紙かくすなんて、めずらしいな。おれならありえるけど」

敏也がちょっとだけわらって見せる。

「あの中学校には行きたくないのか」

敏也はすっと視線《しせん》を落とした。

「せんべいやのカッチャンがいってたんだけどよ」

いきなり健太《けんた》が、カッチャンの話をはじめる。

「今の一年生に、車いすの子がいるんだって。その子が入るんで、スロープもできたし、簡易《かんい》エレベーターっていうのが、ついたらしい。カッチャン、それで遊んで、こっぴどくしかられたんだってよ」

いかにも健太の友だちらしい。

「敏也《としや》は松葉杖《まつばづえ》で歩けるんだし、だいじょうぶじゃねえか」

「カバンとか、おれが持ってやるし」

「階段《かいだん》はおれがおぶってやるぞ」

敏也は自分の組んだ指先をじっと見ている。

「なんといってもおれたちがいるんだからさ。心配するな」

「何でもしてやるからさ、まかせろよ」

敏也が指先を見つめたままいう。

「だから、だめなんだ」

「え？」

健太《けんた》が和也《かずや》の顔をちろっと見る。

「朝、和也だけならさっさと走っていけるのに、ぼくがいると、早起きしなくちゃならない。放課後も、ぼくといっしょに帰らなくちゃならないから、クラブにも行けない。なんてことになったら、どうする？」

和也がうっと、こたえにつまった。

敏也《としや》が顔を上げた。和也の顔をじっと見る。

「ぼくはいやなんだ、そういうの。家族ってさ、だれかがだれかのためにがまんするものじゃないよね」

何もいえなくなった和也の横で、健太がため息といっしょに、つぶやいた。

「敏也。おまえってやつは」

尚子《なおこ》の机《つくえ》の上に、小さいビンがある。

中に入っているのは、砂丘《さきゅう》の砂《すな》。母さんの話によると、星の光をたっぷり吸《す》った「星《ほし》の砂《すな》」だ。

透《す》かしてみても光るわけではない。

「空一面の星でねぇ。今にも落っこちてきそうだったんだ。星の光ってやさしいんだよ。ふわあって、海も砂丘《さきゅう》も光ってるんだ。ほら、尚子《なおこ》、目をつむって聴《き》いてごらんよ。星の光が降《ふ》ってくる音がするから」

あの時もたしかに、サラサラサラって、星の光の音がした。

母さんはいろいろなところから、さまざまなおみやげを持って帰ってきた。

「沖縄《おきなわ》の本島から一時間くらい船で行ったんだ。海の水がゼリーみたいに透明《とうめい》で青くってさ、つけると手まで海の色に染《そ》まるんだ」

持ち返ってきた水は、かすかに海の香《か》がしたっけ。

吸《す》いこまれそうにかわいい目をしていたという、奈良《なら》の鹿《しか》の抜《ぬ》け落ちた毛。

流氷《りゅうひょう》といっしょにやってきた風をつめこんだビン。

富士山のてっぺんの真《ま》っ白《しろ》な小石。

「空に一番近いところだろ。雲が降《お》りてくると、前が見えなくなるんだ。せっかくだから、雲をつかんでやろうと思って、えい、えいって歩いてたら、いつの間

にか、これをつかんでたんだよ。ひょっとしたらこれ、雲のかたまりかもしれないよ」

母さんのおみやげがうれしかったのは、夢中《むちゅう》になって語る母さんの話や、かざらない笑顔《えがお》が好《す》きだったからかもしれない。

そんな時の母さんは、生き生きしてキラキラしていて、きいているだけで尚子《なおこ》もわくわくしてしまうんだ。

母さんのためにがまんするのは、もういや。

でも、母さんも、私のために、何かをがまんしてはいけないんじゃないだろうか。

小ビンをそっとふってみる。

サラサラサラって、星の光の音がする。

「家族ってさ、だれかがだれかのために、がまんするものじゃないよね」

敏也《としや》の言葉《ことば》が、頭の中から消えない。

6 五段目《だんめ》からの景色《けしき》

夏休みに入った。

朝から元気なセミの声がする。

あれから、母さんからはなんの連絡《れんらく》もない。

「尚子《なおこ》ちゃーん、ちょっと、おねがいできるかしら」

階段《かいだん》の下から、明子《あきこ》さんの声がきこえて、尚子は本を閉じた。

「はーい」

階段を下りると、明子さんがもうしわけなさそうに立っている。

「わるいんだけど、またちょっと、敏也《としや》につき合ってもらえないかしら」

このごろ、敏也はよく外に出るようになった。商店街《しょうてんがい》をぐるっと往復《おうふく》するだけだったり、バス停横のコンビニに、ボールペンを買いに行ったりするくらいだが、一人で行くことは、明子《あきこ》さんがゆるさない。

でも、明子さんは店があるし、和也《かずや》はサッカーだプールだと遊ぶのにいそがしい。そこで、尚子《なおこ》の出番ということになる。

「今日はどこに行くの」

「歩きながら、いうから」

何かたくらんでいる。そういう目だ。

大通りをわたり、用水路の横の道を歩きはじめる。ここをまっすぐ行くと中学校だ。

「中学校に行くつもり？」

尚子がきくと、敏也《としや》はにやっとわらう。

「中学校っていうことにしておいて……」

そこで敏也は、尚子の顔をちらっとうかがう。

「本当は、その少し先。地図で調べたんだけど、中学校の裏《うら》に神社《じんじゃ》があるよね。

そこに行ってみたいんだ。いい？」

「ちょっと遠くまで行ってみようってことね。私はいいわよ」

中学校の正門から、体操服《たいそうふく》の一団《だん》が二列にならんで走り出てきた。かけ声をかけて、どっ、どっ、どっと走って行く。

敏也《としや》は、手前に止まって、集団が通り過ぎるのを見ている。

「中学校、きめたの？」

尚子《なおこ》がきくと、敏也はちょっと首をかしげた。

「まだ、まよってる。なかなか、きめられないんだよね」

中学校から五分くらい行った所に、神社《じんじゃ》の鳥居《とりい》が見えてきた。

それほど大きな鳥居ではないが、両わきに狛犬《こまいぬ》もすわっている。

鳥居をくぐると、社殿《しゃでん》までの石だたみは両側に木がおい茂《しげ》って、気持ちのよい木陰《こかげ》になっていた。

梢《こずえ》を風がさわさわと流れ、セミの声がわんわんとふってくる。

石だたみの道は、少しでこぼこしていた。それにごくわずかに、登り坂になっている。歩きにくいのか、少しゆっくりになった敏也《としや》のテンポに尚子《なおこ》が合わせる。

道がとぎれたところで二人は立ち止まった。この先のお社《やしろ》まで、十段《だん》ほどの石段になっている。そんなに急な石段ではないが、手すりがない。

和也《かずや》か健太《けんた》がいたら、何とかなるだろうが、尚子にささえきれるだろうか。

まよっている一瞬《いっしゅん》に、敏也はもう、石段に足をかけていた。あわてて背中《せなか》に手をまわす。

敏也は杖《つえ》で体をささえながら一歩一歩、ゆっくりと石段を上がっていった。ところが半分くらいのぼった時だ。

いきなりバランスをくずして、体がかたむいた。

尚子が抱《だ》きとめようとするが、思ったより重い。

敏也もあわてて体を立てなおそうとしているが、松葉杖《まつばづえ》の先が石のくぼみにひっかかっている。

どうしよう。尚子は必死《ひっし》で足をふんばる。

ふいに、敏也の体が軽くなった。

びっくりして顔を上げると、茶色い帽子《ぼうし》をかぶったおじさんが、反対側から敏《とし》也《や》をささえてくれていた。気がつかなかったが、木の陰《かげ》にすわっていたらしい。

おじさんは敏也をかかえると、ゆっくり、石段にすわらせた。

「すみません」

敏也がおじさんにいった。

「いやいや」

おじさんも敏也のとなりに腰《こし》を下ろす。

くたっとしたシャツがズボンから、中途半端《ちゅうとはんぱ》にはみだしている。ズボンのベルトからタオルを下げて、足は裸足《はだし》にビーチサンダルだ。

尚子《なおこ》もそろそろと、敏也をはさんで腰を下ろした。

「見てごらん」

おじさんがいきなり前を指さした。

「五段目《だんめ》からの景色《けしき》もいいねえ」

景色といっても、石だたみの両側に、背《せ》の高い木がずらっとおいしげっている

だけだ。時おり風で、わさわさっと揺《ゆ》れている。

木のむこうに少しのぞいているのは中学校だろうか。その上はずっと空が広がっている。

おじさんはそれを、目をほそめて見ている。

「かならず一番上まで行かなくちゃいけないのかい？」

敏也《としや》はおじさんの顔をぽかんと見ている。

「いいや、そんなことはないんだ」

おじさんは自分で答えをだして、ぱっと立ち上がった。

「たしかに一番上はいい。でも、一番下もいい。そして五段目《だんめ》の景色《けしき》もいい。どこにだってすばらしい景色はあるんだ。でも、そこにすわってじっくり見なければ、景色のよさはわからない。それをどう見るかが大切なんだ。ね、君、そう思わないかい。ここは、いい街《まち》だねえ。すばらしい景色がたくさんある。私は、人を探《さが》しにきたんだが、きっとこの街にいるような気がするんだよ」

それだけいうと、おじさんは悠々《ゆうゆう》と石段を下りて行った。

「何だろ、あの人」

「さあ」

二人で顔を見合わせる。

「五段目《だんめ》からの景色《けしき》か」

敏也《としや》がぽつんとつぶやいた。


あのおじさんに、また出会うとは、思いもしなかった。

しかも、オムレツ屋でだ。

ランチの時間、おしぼりをおきに店に行った尚子《なおこ》は、あわてて身をかくした。

神社《じんじゃ》のことが明子《あきこ》さんにばれたら、またひと騒動《そうどう》だ。

でも、おじさんは尚子のことに目もくれず、ひたすらオムレツを食べていた。

「うまい。これだけのオムレツは、めったに食べられるもんじゃない」

おじさんは皿《さら》のすみずみまでなめるように食べて、おかわりをした。

茶の間にもどってきた静江《しずえ》さんが、感動している。

「たしかに保《たもつ》のオムレツは天下一だよ。でも、まあ、三かいもおかわりして、それもお皿《さら》がぴっかぴか。あそこまで、気にいってくれた人はないね」

「さっすが、父さんのオムレツだな」

「やっぱり、おいしいんだね」

和也《かずや》と敏也《としや》もうれしそうだ。

それって、あのおじさんだよ。尚子《なおこ》は敏也におしえそこねた。

「おれも会ってみたかったな」

だが和也の願いは、すぐにかなえられた。


オムレツ屋の夜の営業は六時からだ。その前に、かならず家族そろって夕食をとる。みんなで、本日のメニューの肉じゃがを食べていたときだ。

「さっきからずっと、だれかが店の前にいるみたいなんだけど」

敏也の言葉《ことば》に、保さんがようすを見に行った。

「あれ、あなたは」

ドアをあけた保《たもつ》さんが、びっくりしている。

茶色い帽子《ぼうし》のおじさんが、敷石《しきいし》にすわりこんでいた。

「開店が六時だと知りませんでね。早くきてしまったので、ここで待たせてもらっています」

保さんがすすめても、おじさんはがんとして動かない。

「六時からなものは、六時からでなくてはいけません」

ズボンのポケットから、ぼろぼろの文庫本を出して、読んでいたらしい。

「それがね、『論語《ろんご》』なんだよ」

保さんが首をふりながらいう。

「ろんご?」

「中国のむずかしい本だよ」

「いったい何者だ?」

静江《しずえ》さんが和也《かずや》にこたえる。

「ありがたい、うちのお客さんさ」

六時きっかりの開店とともに入ってきたおじさんは、また、オムレツを三個食べて帰った。つぎの日は、朝十時と六時にやってきて、やはりオムレツを食べて行った。

そして、そのつぎの日は、朝から雨だった。

十時ぴったりに、びしょぬれで現《あらわ》れたおじさんは、保《たもつ》さんにこういった。

「今日は、私、洋服が少々ぬれていまして、いすをぬらすといけませんから、立っていただきます」

さすがの珠子《たまこ》さんも、コーヒーを吹《ふ》きだしそうになったと、わらっていた。

遠慮《えんりょ》するおじさんを、「オムレツをおいしく食べていただくために」と、静江《しずえ》さんが、無理《むり》やりおくにつれてきた。

風呂《ふろ》に入ってもらう。その間に保さんのジャージを用意した。

「ありがとうございます。たしかにこのほうがオムレツがおいしくいただけます」

ジャージ姿《すがた》のおじさんは、カウンターにすわると、ゆっくり味わいながらオムレツを食べはじめる。

雨降《ふ》りですいているので、尚子《なおこ》たちも、店のはしのテーブルでサンドイッチを食べていた。

今日も三個のオムレツをたいらげると、おじさんは満足そうにため息をついた。

「本当に、すばらしいオムレツです。書いてあったとおりです」

明子《あきこ》さんがふと、手を止める。

「何かに、うちのオムレツのことが書いてあったんですか？」

「ええ、『自由旅行《じゆうりょこう》』っていう本なんですが、ごぞんじないですか」

「雑誌《ざっし》ですか？」

「いや、単行本《たんこうぼん》です。アン小森っていう人が書いているんです。そうだっ」

いきなり、おじさんがさけんで立ち上がった。

「ああ、しまった。私は彼女《かのじょ》をさがしていたんだった」

静江《しずえ》さんがすばやく、店の中を見まわして、客は大沢《おおさわ》酒店のおじさんと、珠子《たまこ》さんだけなのを確認《かくにん》する。おかしな客だと思ったのだろうか。

おじさんは腕《うで》を組んで天井《てんじょう》を見上げた。

「ああ、何ていうことだ。ここのオムレツがあまりにおいしいので、私は大事なことをわすれていました。アン小森をごぞんじありませんか」

「あんこ盛《も》りですか」と静江《しずえ》さん。

「いえ、あん、こもりです」

おじさんがいいなおす。

「すばらしい作家なんです。彼女《かのじょ》の書くものには、自由と希望があふれている。あれだけのものが書ける人はそうはいない。なのに、彼女が筆《ふで》を折《お》るときききました。ほうっておけません。やめないように説得《せっとく》しなければいけません。それで、さがしにきたんです」

「そのあんこもりさんが、うちの店と何か関係あるんでしょうか」

ためらいながら、明子《あきこ》さんがきく。

「ですから、『自由旅行《じゆうりょこう》』に出てくるんです。『オムレツ屋』という名の、すばらしいオムレツを食べさせる店のことが。彼女はそこで書いています。自分が最後に帰るところは、この『オムレツ屋』だろうと。私は調べました。ネットで『オムレツ屋』にヒットするものをかたっぱしから見ました。その中に、この桜小路《さくらこうじ》商店街《しょうてんがい》のことがのっているブログがありました。それを読んだとたんに思ったのです。ここだ、と」

珠子《たまこ》さんが身をのりだしたのが見えた。

保《たもつ》さんもおどろいている。

「あのブログを見て、いらしてくださったのですか」

「はい、正解《せいかい》でした。あの『自由旅行《じゆうりょこう》』に描《えが》かれていた『オムレツ屋』は、ここにちがいありません。あれに書かれていたすばらしい味は、まさに、ここのオムレツの味です。アン小森は、この味を愛《あい》しているにちがいありません。きたでしょう。ここにっ」

「さあ」

明子《あきこ》さんがこたえにこまっている。

保さんがいう。

「私たちは、お客さまに名前をきくことはないんです。そのときに、おいしく食べてくだされば、それでいいと思っていますから。ですから、そのアン小森さんがいらしていても、われわれにはわからないんですよ」

「なるほど」

おじさんは気のどくなほど、がっくり肩《かた》を落とした。でも、すぐに立ちなおる。

「それではやはり、私がここへ通《かよ》うより方法はありませんね」

静江《しずえ》さんが何かいいかけたとき、尚子《なおこ》は思いきって声をかけた。

「あのう、私、わかるかもしれません。アン小森さんの連絡先《れんらくさき》」

「何だって」

おじさんが飛び上がる。

「本当かね、それは」

「もし連絡がついたら、おじさんに伝えますから、おじさんの連絡先を教えてください」

「わかった」

おじさんはしきりにシャツのポケットをさぐっている。でも、それは、保《たもつ》おじさんのジャージだ。

「あの、これでよろしかったら」

明子《あきこ》さんがボールペンとメモ帳をさしだした。

「ああ。ありがとうございます」

おじさんは住所と名前、電話番号をさらさらと書く。東京の人だ。

「宝山幹太朗《たからやまみきたろう》さんですか」

尚子《なおこ》が何気なく読むと、静江《しずえ》さんたちがハッとしたのがわかった。

「宝山幹太朗さんって、あの、『富士山御来光《ごらいこう》』や『日本海流』を書かれた、作家の？」

珠子《たまこ》さんがきく。

宝山さんがかるくうなずく。

「えぇーっ」

明子さんがおろおろしている。

保《たもつ》さんと静江《しずえ》さんが顔を見合わす。

でも、宝山《たからやま》さんは尚子《なおこ》だけを見ている。

「かならず、連絡《れんらく》をおねがいします。そして、もし、私に連絡をとりたくないと彼女《かのじょ》がいったら、つたえてください。筆《ふで》を折《お》るなと。きみにはあふれんばかりの言葉《ことば》が埋《う》もれている。それを枯《か》れさせてはならないと、かならずつたえてください。おねがいします」

宝山さんは尚子の手をしっかりにぎる。がっしりとした温かい手だ。

「は、はい」

としかこたえようがない。

それから、宝山さんはジャージのポケットに手を入れた。

「あれ、財布《さいふ》はどうしたかな」

静江さんがあわてて、ナイロン袋《ぶくろ》をさしだした。

「ここに、さっきはいておられたズボンも入っています。財布《さいふ》も」

「これは、これは、おそれいります」

宝山《たからやま》さんは深々と頭を下げる。

「ごちそうさまでした。いちど東京にもどりますが、また、きっと食べにきます」

宝山さんはお金をはらうと、保《たもつ》さんのジャージをはいたまま悠々《ゆうゆう》と出ていった。

「あ、かさを」

明子《あきこ》さんが、急いでビニールがさを持って追いかける。

「尚子《なおこ》」

宝山さんが出ていくなり、静江《しずえ》さんが怖《こわ》い顔をして、尚子の方を見た。

「どうして、あんなことをいったんだい？　いくらこまっても、その場しのぎに、いいかげんなことをいっちゃだめだよ」

みんなが尚子のほうを見ていた。

尚子はいちど、大きく息を吸《す》ってからいった。

「いいかげんじゃない。私、本当に知ってるもの」

「知ってる？」

「その、アン小森ってね、母さんだよ」

店じゅうの空気が、止まった。

「尚子《なおこ》？」

静江《しずえ》さんがもういちどきく。

「それ、どういう意味だい？」

尚子もこたえる。

「だから、アン小森って、母さんがいろんな所に行ってきて、そのことを書く時の名前、ペンネームなの。ちょっと待っててね」

尚子は二階《かい》にかけ上がって、いつもカバンの中に入れている『自由旅行《じゆうりょこう》』を持ってくる。

「これが、さっきのおじさんがいってた本」

アン小森、という作者の名を見せる。

「ええっ。じゃあ、あの有名な宝山幹太朗《たからやまみきたろう》が、悠香《はるか》のことをあんなにほめてたってことなのかい」

「すごいわ、悠香さん、すごい」

明子《あきこ》さんの声が上ずっている。

「悠香《はるか》もやるもんだなあ」

「私はもう、何がなんだかわからないよ」

『自由旅行《じゆうりょこう》』を、ぱらぱらとめくっていた敏也《としや》が、指を止めた。

「ねえ、これ、ひょっとして尚子《なおこ》ちゃん？」

モノクロ写真のページだった。

海につきでた岬《みさき》の一番先っぽに、大型バイクが止めてある。そして、そのバイクの上でぐっすりと、気持ちよさそうに寝《ね》ている四、五歳《さい》の女の子。

「うん、そう。それ……私」

みんながいっせいに写真をのぞく。

写真の下には、たったひと言、こう書いてあった。

「わたしの宝物《たからもの》」

尚子は大きく息を吸《す》いこんだ。

何だろう、この気持ち。

今まで、何回見たかわからないページなのに、はじめて見たような気がした。

「わたしの宝物《たからもの》」

そうだった。

尚子《なおこ》は母さんの宝物だった。

いつだって、私は母さんの宝物だった。

そして尚子も、母さんのことが、好《す》きだった。

いつも目をキラキラさせて、わくわくして、すぐにどっかに飛んで行っちゃう。

でも、かならず尚子の所に帰ってきて、夢中《むちゅう》でしゃべって、夢中で書いている。

そんな母さんのことが、大好きなんだ。

ドキドキする胸《むね》をぎゅっとおさえながら、尚子はその写真を見つめていた。

一日中降《ふ》りつづいた雨も、夜にはすっかりあがった。

「尚子、ありがとうよ」

静江《しずえ》さんが『自由旅行《じゆうりょこう》』を返してくれたのは、夕食の後だった。

「おもしろかったでしょ」

尚子《なおこ》がきくと、静江《しずえ》さんはにやっとわらった。

「まあまあ、だね」

そのまま部屋にもどりかけて、静江さんはふと足を止めた。

「それ読んで……」

廊下《ろうか》の向こうを見たままでいう。

「本当に落ち着きのない子だけど、あの子なりに、尚子のことは一生懸命《いっしょうけんめい》大切にしているのかもしれない、なんて思ってね」

「うん」

尚子は『自由旅行《じゆうりょこう》』をもういちど見る。

「私も、そう思う」


「花火やるぞ。花火」

健太《けんた》が花火の袋《ふくろ》とバケツを持って現れた。

「まわりに燃《も》えやすいものがないか、たしかめてからやってね」

明子《あきこ》さんの声もきこえる。

「さあ、どれからやる？」

和也《かずや》が水をたっぷりいれたバケツを、裏庭《うらにわ》のまん中においた。

あき缶《かん》の中のろうそくに火をつけて、バケツの横におくと、健太《けんた》はさっそく一番太い花火を取り出した。

「こいつからいこうか」

敏也《としや》が部屋の窓《まど》から、顔をだしている。

「やらないのか？」

和也の声に、ゆっくり首をふっている。

「ぼく、ここから見てる」

炎《ほのお》が赤から黄色、緑に変わっていく花火。

シューっと、一気に光が吹《ふ》きだす花火。

パチパチ、パチパチパチ音を立てて、こまかな火花を散らす花火。

和也《かずや》がつぎつぎと火をつけると、煙《けむり》のまじった火薬の匂《にお》いが、あたり一帯《いったい》にただよう。

「さあ、今度はネズミ花火するぞ」

「こっちに飛ばすなよ」

「どっちに飛ぶかは、ネズミにきいてくれ」

尚子《なおこ》も何歩か下がって、窓《まど》の所に近づく。敏也《としや》は窓枠《まどわく》に肘《ひじ》をおいて、楽しそうにわらってる。

シュッと、陽気な音を立てて、ネズミ花火がまわり出す。火《ひ》の粉《こ》がぱっぱっぱっと、光っては消える。

「悠香《はるか》さんてすごいね。有名な作家にあんなにほめられるんだから」

「うん、びっくりした。でも、あのおじさんがすごい作家だったっていうのにも、びっくりした」

「たしかに。変わった人だとは、思ったけどね」

ふふふっとわらってから、敏也がつづける。

「はじめて会ったときにね、五段目《だんめ》からの景色《けしき》もいいもんだって、いってたのおぼえてる？」

「うん」

「ぼくが上までのぼるのは無理《むり》だから、ここでがまんしておけ、っていうことだろうって、あの時は思ったんだ。でも、あとから考えると、ちょっとちがうかもしれないなっていう気がしてきたんだ」

「ちがうって、どう？」

「一番上もいい。一番下もいい。そして五段目の景色もいい。どこにだって、すばらしい景色はある。でも、それをどう見るかが大切なんだって、そういってただろ」

「うん、そんなこといってたね」

「中学のことだけどさ。ぼく、どっちがいいかって、ずっとまよってたんだけど、どっちもいいような気がしてきた」

「どっちでもいい？」

「ううん、どちらかがわるいんじゃなくて、どっちの中学校に行ってもいいんだ。大切なのは、ぼくがそこでどうするか」

尚子《なおこ》は敏也《としや》の顔をじっと見た。

いつもの敏也だけど、少しまぶしいような気がした。

健太《けんた》がまた、新しいネズミ花火に火をつけている。

「私がそこでどうするか」

尚子もつぶやいてみる。

「どっちもいいんだよね。だって、私、母さんにずっといてほしいと思うけど、あちこち飛びまわっている母さんも好《す》きなんだもん。大切なのは、そこで私がどうするか」

敏也がゆっくりうなずく。

シュルシュルシュパッと音がはじけた。

健太《けんた》がロケット花火に火を点《つ》けたらしい。

かわいい炎《ほのお》がヒューっと上がって、ポンと弾《はじ》けた。

夏休みもあと一週間になった。

健太《けんた》と和也《かずや》は毎日、せっせと宿題にむかっている。こっそり、敏也《としや》が手伝っているのを、尚子《なおこ》は知らないことにしてあげている。

「だけど、どうして悠香《はるか》おばさんがアンなんだ？」

ローマ字のプリントをしながら、和也がきいた。

「英語の辞書《じしょ》で、一番はじめにでてくるのがアンなんだって。それと、小林に木を一本足して、小森」

「うわあ、たしかにそうだ」

健太が感心する。

「でも、そんなにかんたんにきめる物なのか？　ペンネームって」

「母さんって、そういうタイプの人なの」

母さんはまた、モンゴルだ。

あれから帰ってきた母さんと、いっぱいしゃべった。

家庭訪問のことも、和也《かずや》と敏也《としや》のことも、五段目《だんめ》の景色《けしき》のことも。考えていたこと、胸《むね》にためていたことを、全部しゃべった。

母さんはずっときいていた。

真剣《しんけん》な目で、きいていた。

それから、すっと立ち上がって窓《まど》をあけた。

「尚子《なおこ》、あんた、いつのまにか……」

母さんは、泣《な》いていた。

ところがつぎの日、母さんは、「尚子をもう少しのあいだおねがいします」って静江《しずえ》さんたちに頭を下げると、「じゃあ、行ってくるわっ」って取材に行ってしまった。

こういう人なんだ、母さんは。

そして、私は今のままの母さんが好き。

ずっと、こんな暮《く》らしがつづくのかもしれない。

でも、私はひとりぼっちじゃない。みんながいて母さんがいる。そして大切なことは、私がどう生きていくかってことなんだ。

そう思うと、なんでもできそうな気がして、わくわくしてくる。

今日もいい天気。

オムレツ屋の上を、青空がどこまでもつづいている。

作者●**西村友里**（にしむら ゆり）
1957年、京都に生まれる。京都教育大学卒。京都市内の学校に勤めて創作をつづけている。2008年、日本児童文芸家協会第13回創作コンクールで優秀賞受賞。他の作品に「すずかけ荘のピアニスト」（朝日学生新聞社）など。なお本書で第59回青少年読書感想文全国コンクール課題図書。

画家●**鈴木びんこ**（すずき びんこ）
制作プロダクションのデザイナーを経て、フリーのイラストレーターとなる。おもな作品に「12歳たちの伝説」シリーズ（新日本出版社）、「The MANZAI」シリーズ（ジャイブ）、「あの日をわすれない、はるかのひまわり」（PHP研究所）、「あわい」（小峰書店）など。日本児童出版美術家連名会員。

オムレツ屋へ ようこそ！

2012年10月20日 初版1刷発行
2013年5月20日 初版3刷発行

作　者　西村友里
画　家　鈴木びんこ
装　幀　山本　繁
発行所　株式会社　国土社
〒161-8510　東京都新宿区上落合1-16-7
☎03（5348）3710（代表） FAX03（5348）3765
URL　http://www.kokudosha.co.jp
印　刷　モリモト印刷株式会社
製　本　株式会社難波製本

NDC913/143p/22cm　ISBN978-4-337-33617-9　C8391